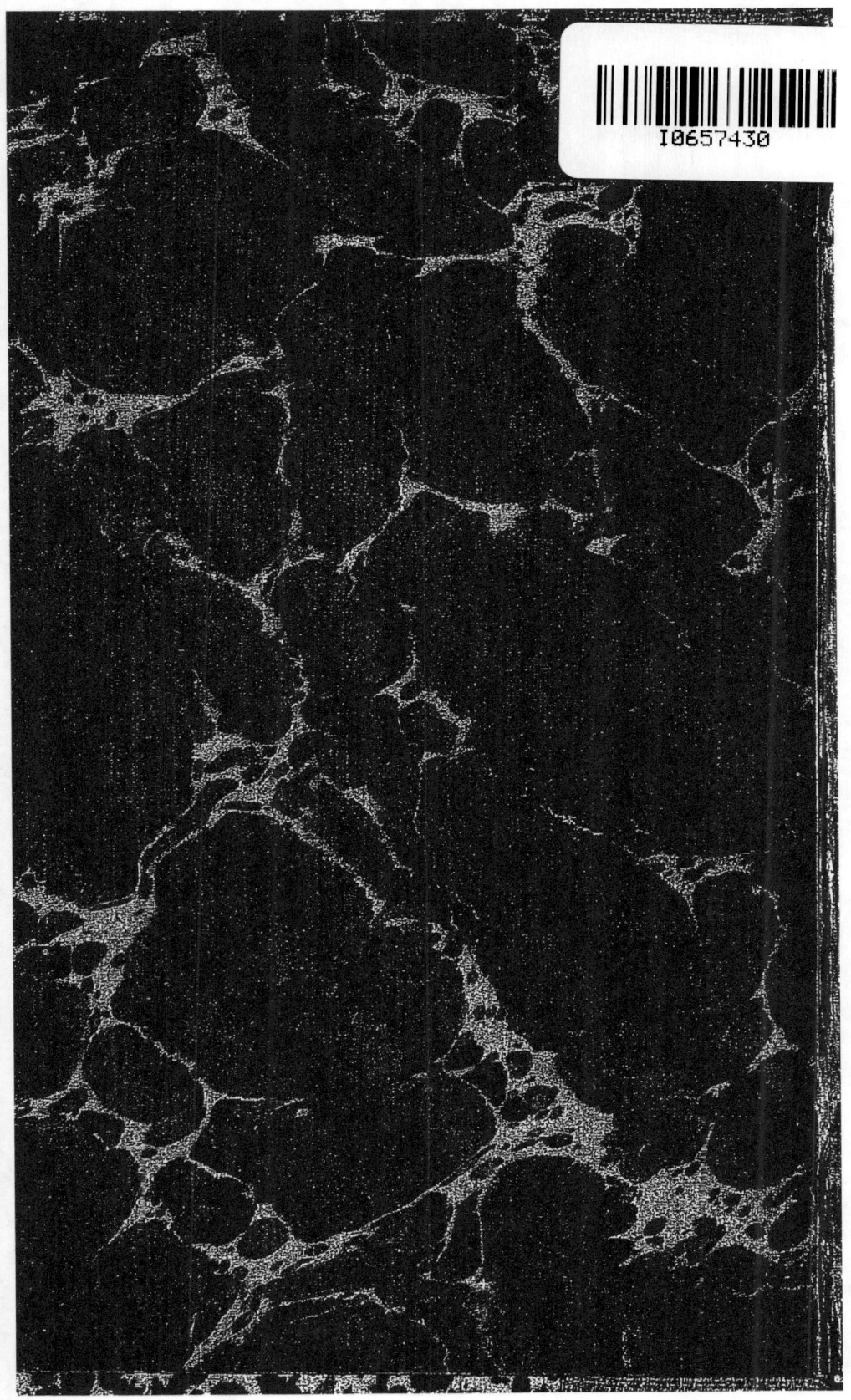

MES
HEURES POÉTIQUES

ÉDITION ELZÉVIR

A L'USAGE DES SALONS

PAR

Mme LA C^sse ANNA SIMANOWA

MACON

IMPRIMERIE TYP. ET LITH. DE PROTAT FRÈRES

1881

MES HEURES POÉTIQUES

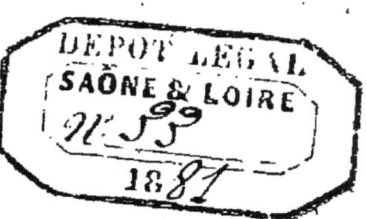

MES
HEURES POÉTIQUES

ÉDITION ELZÉVIR

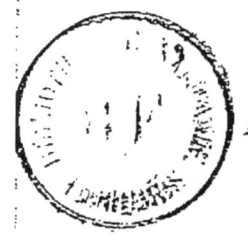

A L'USAGE DES SALONS

PAR

Mme LA C^{sse} ANNA SIMANOWA

MACON
IMPRIMERIE TYP. ET LITH. DE PROTAT FRÈRES
—
1881

A MA MEILLEURE AMIE

Madame la vicomtesse R. de Benserade.

N'AS-TU pas, mon amie, en les courfes champêtres,
Aperçu par-hafard, à l'ombre des grands hêtres,
Un gentil oifillon à peine voletant,
Le corps à demi nu, timide et tremblotant,
Cherchant à fe blottir dans une touffe verte ?
Au moindre petit bruit, il devenait inerte ;
Puis, dès que le filence avait repris fon cours,
Il femblait implorer d'un ami le fecours,
Pouffait des cris plaintifs, levait un peu la tête

Pour chercher fi quelqu'un à l'affifter s'apprête,
Reprenait fon effor, fans ceffe titubant,
Voletait de nouveau, retombait haletant.
C'était le dernier né d'une chère couvée
Que, dans un ouragan, l'implacable Borée
Avait bouleverfée & réduite au néant,
Et dont il reftait, lui, l'unique furvivant.
N'aurais-tu pas alors, au milieu du feuillage,
Dans le gazouillement qui forme le langage
Du monde des oifeaux, diftingué près de toi
Un cri particulier, doux & vif à la fois,
Répondant tout à coup à l'appel de détreffe
Du petit oifillon ? Bientôt, avec preffeffe
As-tu vu s'approcher de rameau en rameau,
D'un air impatient, inquiet, un autre oifeau ?
Il porte dans fon bec une groffe becquée
Qu'il met à plein gofier dans la bouche affamée
Du petit oifillon ; puis, toujours fautillant,
L'invite à voleter, le devance, l'attend,
L'attire en un rameau très rapproché de terre ;
Après plus d'un effai, d'un effort téméraire,
Parvient à l'y percher, &, perfiftant toujours,

Finit par l'amener jufques à ce féjour,
Ce nid aérien où toute une famille,
Sous l'aile d'une mère, heureuſe, vit, babille,
Où l'orphelin, reçu par tous avec bonheur,
Du berceau maternel retrouve la douceur.

Cet oifillon, c'eſt moi, & c'eſt bien toi la mère.....
Oui, mon amie, à toi je dois le fort proſpère
Qui m'a fouri depuis que, jouet des autans,
Le Deſtin me priva de mes tendres parens.
Orpheline en naiſſant, une cruelle épreuve
Vint encor me briſer..... Je me vis bientôt veuve
D'un époux qui pour moi fut bien plus qu'un mari,
Un foutien, un appui : il était un ami,
Et quel ami ! mon Dieu !..... Un fils & une fille,
Gages de fon amour, telle-était ma famille ;
Mais, encore au berceau, je ne trouvais en eux
Que les mille tourments qui rendent malheureux.
Vainement je cherchai, dans les foins que leur âge
Réclamait, à tromper les chagrins du veuvage ;
Vainement j'eſſayai de combattre l'ennui
En aimant mes enfants, ah ! ce n'était pas lui !.....

Que je verfai des pleurs, me trouvant folitaire !
Que de fois je maudis la vie & la lumière !
Dans mon cœur déchiré j'ai cru même parfois
Sentir naître le doute & s'écrouler ma foi.....

. . . .

Tu parus à mes yeux, ô ma fœur bien aimée !
Et ma route dès lors fut de rofes femée.
Tu fus fécher mes pleurs &, me prenant la main,
Tu dirigeas mes pas le long du droit chemin.
C'eft de toi que j'appris les plaifirs de l'étude ;
C'eft par toi que j'acquis du travail l'habitude ;
C'eft toi qui réveillas dans le fond de mon cœur
Les fentiments fi beaux de la foi, de l'honneur ;
Sous tes yeux, dans tes bras, fur ton cœur, fous ton aile,
Reffufcita pour moi l'affection maternelle
Unie à l'amitié conftante d'une fœur.
Pour autant de bienfaits, puiffe un jour le Seigneur
Exaucer tous tes vœux, bénir ton entourage,
Et te donner, enfin, te donner en partage,
Je ne puis dire mieux, te donner un bonheur
        Auffi grand que ton cœur !

. . . .

A toi donc, mon amie, à toi la dédicace
De cette tentative à l'accès du Parnasse.
Si tu veux applaudir à ces premiers essais,
Ce sera pour mon cœur le plus doux des succès!

Comtesse Anna SIMANOWA.

A MONSIEUR COQUELIN AINÉ

Envoi.

UE n'ai-je le talent des illuftres poëtes
Qui chantent un fujet avec facilité !
Du langage des dieux comme ces interprètes
Que ne puis-je avec art chanter la vérité !

Que n'ai-je cet accent à la fois pur & tendre,
Enfanté par la lyre & qui va jusqu'aux cieux !
De pouvoir tout connaître & pouvoir tout apprendre
Que n'ai-je le génie & le don précieux !

Que ne puis-je exprimer avec art & science
Ce qu'éprouve mon cœur, ce qu'il ressent si bien :
Les sentiments réels de ma reconnaissance
Et mon profond respect pour un homme de bien !

Hélas ! je ne le puis. Les cordes de ma lyre,
Impuissantes, sans voix, retombent en pleurant,
Et je tombe à mon tour du haut de mon délire,
Reconnaissant alors que je suis une enfant.

Enfant, soit, je l'admets, mais enfant bien sincère,
Que le génie attire & qu'il voudrait saisir ;
Enfant dont le cœur bat lorsque la plus légère
Vibration d'une lyre anime le zéphyr.

Par vous interprétés, mes vers avec audace
A l'immortalité vont oser aspirer ;
Ma Muse, encouragée, aux sommets du Parnasse,
Pleine d'un doux espoir, osera s'élever.

Barde, noble enchanteur à la voix magiſtrale,
Vous qui ſeul ſoutenez l'art de bien déclamer,
Vous qui, tant applaudi par notre capitale,
Au culte d'Apollon ſavez la ramener,

Vous daignez abaiſſer ſur une humble rêveuſe
Et ſur ſes bouts-rimés un regard adouci ;
Vous daignez les couvrir d'une aile généreuſe ;
Oſſian de la France, oh! mille fois merci!

A MON AMI POL FRITZ

Sonnet.

JE vous offre mon livre, où souvent ma pensée,
Comme un coursier fougueux qu'on ne peut contenir,
N'écoutant que mon cœur, bondit en insensée
Et court droit devant elle après un souvenir.

Si ma Muse, souvent par les pleurs attristée,
Dans mes chants douloureux semble parfois fléchir,
C'est que ma voix éteinte & mon âme oppressée
Comprennent toutes deux ce que j'ai dû souffrir.

Vous le comprendrez, vous qui chériſſez l'enfance,
Vous dont le noble cœur vit encor d'eſpérance,
Ce flambeau de la vie & ſi pur & ſi beau !

Votre douce amitié calmera la ſouffrance
Que fit naître en mon cœur la triſte expérience ;
Peut-être aurai-je alors la gaîté de l'oiſeau !

CHANT PREMIER

Mon Dieu ! c'eſt en tremblant que je ſaiſis ma lyre
    Et que je veux chanter
Celui pour qui mon cœur en ſilence ſoupire,
    Et qu'il tremble d'aimer !
Mon Dieu ! bénis mon luth, et permets qu'il murmure
    Des ſons mélodieux,
Car je ne veux chanter que l'amour, la nature
    Et la grandeur des cieux !

SI J'ÉTAIS FEMME AIMÉE!

S I Dieu m'avait donné ce front blanc et candide,
Ce front dont aucun pli ne gâte la beauté,
Ce front duquel jaillit la penfée rapide,
Qui poffède du ciel la divine clarté;

Si j'avais ces cheveux aux boucles onduleufes,
Retombant à longs flots comme un voile doré;
Si j'avais ces sourcils aux courbes gracieufes
Et ce regard charmant digne d'être adoré;

Oui, si j'avais ces yeux pleins d'un charme ineffable,
Ces yeux si fiers parfois, mais bons & doux toujours,
Ces yeux dont le regard céleste & adorable
Fait pleurer, délirer ou trembler tour à tour ;

Si j'avais cette bouche à l'éternel sourire,
Cette bouche mignonne aux lèvres de corail,
Que tout aime & bénit & pour qui tout soupire,
Qui voile sous ses plis un blanc & pur émail ;

Si j'avais cette voix à l'accent doux & tendre,
Cette voix qui commande & qui fait obéir,
Cette voix que toujours on aimerait entendre,
Dont l'accent musical fait toujours tressaillir ;

Oh ! si je possédais cette forme divine,
Chef-d'œuvre de Celui qui fait trembler les cieux,
Contour délicieux devant qui tout s'incline,
Qui de près ou de loin captive tous les yeux ;

Si, marchant le front haut, j'entraînais à ma fuite
Ce parfum enivrant d'amour & de pudeur;
Si, d'un fimple regard, je pouvais faire enfuite
D'un cœur mauvais & dur un cœur plein de douceur ;

Si j'avais dans mes yeux la magique puiffance
De créer à mon gré la joie ou le malheur;
Si dans l'âme j'avais la bonté, la clémence,
Ces belles vertus d'où découle le bonheur ;

Si j'étais femme aimée, & fi fur mon paffage
Un grand nombre de cœurs palpitaient anxieux ;
Si je voyais toujours fur mon chafte vifage,
Éblouis & craintifs fe fixer tous les yeux ;

L'heureux mortel pour qui mon âme chafte & pure
Dans un élan d'amour battrait plus vivement
Pofféderait mon cœur entier & fans fouillure,
Enrichi par le ciel d'un noble fentiment.

2

Oh ! j'aimerais toujours, &, femblable à la rofe,
Je répandrais partout le parfum & l'amour ;
Comme la pauvre fleur mourant à peine éclofe,
Je ferais le bonheur en ne vivant qu'un jour !

LA JEUNESSE

ADORABLE jeuneffe, à la courte exiftence,
Qui donc ne chanterait tes moments bienheureux !
Et pourquoi l'âge ingrat, cruel & fans clémence
Vient-il pour nous ravir tes inftants précieux !

Jeuneffe née d'hier & qu'un fourire accueille,
A peine goûtons-nous un peu de tes faveurs
Que lentement déjà ta couronne s'effeuille,
Et fans nous dire adieu tu pâlis & tu meurs !

Tu meurs en emportant dans ta robe fleurie
L'amour, ce beau joyau, tréfor de ton écrin,
La gaîté, qui s'éteint par la raifon mûrie,
Et le bonheur brifé du jour au lendemain !

Tu meurs ! & nous reftons, végétant en filence,
Blanchiffant nos cheveux au contaƈt des foucis,
N'ayant plus dans le cœur la fière indépendance
De tes jours adorés & pour jamais enfuis.

Et nous vivons ainfi, fouvent jetant dans l'ombre
De ce paffé fi cher, fi doux, fi plein d'attrait,
Un long regard d'amour, parfois un regard fombre,
Mais fans ceffe noyé des larmes du regret.

De ces temps précieux qu'on chanterait fans ceffe
Nous bénirons toujours l'immortel fouvenir;
Car oublier jamais leurs inftants pleins d'ivreffe,
Pour nos cœurs ce ferait, hélas! deux fois mourir!

LE BOUQUET DE LILAS

A Monsieur F. F. R***

J'AI cueilli ce bouquet foûs la verte charmille,
Un matin que, rêveufe & un livre à la main,
Je fuivais le fentier folitaire & tranquille
Qui le long du ruiffeau mène jufqu'au moulin.
J'ai fait avec les fleurs que de ma main diftraite
J'arrachai des lilas pouffés là par hafard.

Un femblant de bouquet, une gerbe imparfaite,
Offrant un beau défordre, effet douteux de l'art.
Pêle-mêle, les fleurs aux tiges inégales
Pendaient de tous côtés, s'échappaient de partout;
La moiteur de mes mains les rendait blêmes, pâles;
C'était bien un bouquet, mais un bouquet fans goût.
Afin qu'il fe tînt frais pendant que j'allais lire,
Sous l'ombre d'un fureau vite je l'ai placé.
Je ne fais trop pourquoi je ne pus plus fourire,
Je ne fais trop comment mon front devint glacé,
Lorfqu'en levant les yeux, je vis, gifant dans l'ombre,
Ces fleurs qui lentement femblaient vouloir mourir,
Dont l'afpect me rendait plus penfive & plus fombre,
Rappelant à mon cœur fans doute un fouvenir !

Ah ! oui, je me fouviens qu'en mes jours d'allégreffe
J'ai cueilli bien des fleurs, faccagé des bofquets,
Et que j'ai bien fouvent, dans ma folle jeuneffe,
          Mutilé des bouquets !

Mais je cueillais ces fleurs dans l'unique penfée
De les offrir bientôt, pour faire des heureux ;
Car rien n'est doux au cœur, rien ne calme une plaie
   Et ne fait croire aux cieux

Comme une fleur cueillie auprès d'une fontaine
Ou fur le vert talus d'un finueux fentier,
Comme un bouquet offert, par une nuit fereine,
   Auprès d'un églantier !

Oui, j'ai cueilli des fleurs au fein de la nature,
J'en ai donné parfois : on a tout accepté.
De tout ce que j'ai pris à la fraîche verdure
   Que m'en eft-il resté ?

Hélas ! un fouvenir qui parfois me torture,
Quelques nuits d'infomnie & des regrets poignants,
Un pli de plus au front, une large bleffure,
   Plus tard des cheveux blancs !

Ah ! mais ne croyez pas que tout bas je regrette
Ou bien la fleur cueillie ou le bouquet offert ;
Non. Je veux fimplement pour mon âme inquiète
  L'oubli qu'elle a fouffert !

Je ne regrette rien. Je donnerais encore,
Non une fimple fleur cueillie à l'églantier,
Ni même un frais bouquet moiffonné vers l'aurore,
  Mais mon cœur tout entier !

Oh ! j'aime & veux aimer toujours dans cette vie.
Aimer eft ici-bas bien plus doux que haïr ;
Je ne cueillerai plus fur la verte prairie
  La fleur du fouvenir !

Je me promènerai feule , errante dans l'ombre
Des bois myftérieux ou des rives fans fin ;
En tout lieu j'aimerai, mais mon front fera fombre
  Et tremblante ma main !

Que t'importe, ô deftin ! la douleur qui m'oppreffe ?
Depuis que j'ai fouffert, le ciel eft-il moins bleu ?
Le printemps n'a-t-il plus cette immenfe richeffe
    Qui nous fait croire à Dieu ?

L'oifeau chante-t-il moins fur fon nid fait de mouffe ?
La fleur a-t-elle moins de parfum, de beauté ?
La brife de la nuit en eft-elle moins douce ?
    Moins chaud eft-il l'été ?

Mais fans aller chercher dans les beautés fublimes,
L'homme en aime-t-il moins parce que j'ai fouffert,
Et fes yeux verfent-ils quelques larmes intimes
    Sur mon cœur entr'ouvert ?

Qu'importe ma douleur à la nature entière ?
J'ai perdu le bonheur, mais d'autres l'ont trouvé ;
L'égoïsme eft le roi des fiècles de lumière,
    Et moi feule ai rêvé !

Rêve délicieux dont je n'étais pas digne,
Puifque le ciel voulut qu'il ne pût s'accomplir.
Ah ! qu'ils font malheureux ceux que le ciel défigne
       Pour aimer & fouffrir !

Mais que fuis-je, après tout ? Rien, fi ce n'eft une âme,
Un invifible point fur l'immenfe horizon,
Une enfant née hier, maintenant une femme,
       Une douleur fans nom !

Puis-je, comme je fuis, marquer ici ma place ?
Ce ferait trop d'orgueil & Dieu me punirait,
Ou fi je me plaignais, au moment où je paffe,
       Chacun en fourirait !

Non, je ne voudrais pas que ma douleur fît rire :
Non, je n'exige pas que l'on me plaigne auffi.
Si vous penfez à moi, quand vous viendrez me lire,
       Je vous dirai : Merci !

Et fi vous comprenez ce que fut ma fouffrance,
C'eft que dans votre cœur vous-même avez fenti
Ce coup fi douloureux qui brife une exiftence
      Quand il a retenti !

J'aime, & je fympathife avec tout ce qui fouffre.
Si vous avez fouffert, vous êtes mes amis ;
Et fi vous connaiffez la profondeur du gouffre
      Où les cœurs font admis,

Venez, prenez mon bras, & puis marchons enfemble,
Suivons en fouriant ce pénible chemin,
Et puifque le malheur pour jamais nous raffemble,
      Tenons-nous par la main !

Achevons, le front haut, notre pâle exiftence,
Aimons & admirons ce qui fut noble & grand ;
Gardons au fond du cœur notre chère fouffrance ;
      Et prions Dieu fouvent !

Mais fi vous n'avez pas dans le fond de votre âme
Cet ulcère creufé par l'amour d'ici-bas ;
Si vous ne fentez pas fa dévorante flamme,
      Oh ! ne fouriez pas !

Croyez qu'il eft des cœurs qui perdent leur jeuneffe
Et qui ne femblent plus qu'un cadavre vivant.
L'amour eft ainfi fait : ou d'immenfe tendreffe
      Ou de profond néant !

Ah ! fi vous n'aimez pas, fi vos nuits d'infomnie
N'ont pour but de pourfuivre un rêve radieux ,
Plaignez , plaignez ces cœurs qui connaiffent la vie ,
      Et priez Dieu pour eux !

Et toi , bouquet cueilli fous la verte charmille ,
Fleurs qui vous flétriffez à l'ombre du fureau ,
Lilas que j'arrachai comme une jeune fille
      Au bofquet ton berceau !

Reftez, reftez dans l'ombre où de ma main diftraite
Je vous ai dépofés, ne pouvant vous offrir ;
Il n'eft plus pour mon cœur qu'une douleur muette.
      Et vous pouvez mourir !

L'ÉTOILE DU BERGER

*A F. D****

AMI, te fouvient-il de cette nuit d'automne
Où rayonnait fur nous l'argentine couronne
De cet aftre charmant nommé flambeau des nuits ;
Il te fouvient qu'alors, en écoutant les bruits
Des mille petits riens dont les voix infinies
S'élevaient vers le ciel comme autant d'harmonies,

Je laiffai mon regard s'égarer dans l'air pur
Qui nous environnait de fon dôme d'azur ?
Lorfque mes yeux, troublés par un liquide voile,
Eurent enfin choifi dans l'éther une étoile
Que j'avais remarquée à la chute du jour,
Par des accents empreints de douce confiance
Ma voix te demanda, dans fa pure ignorance,
De me dire le nom de cet aftre brillant
Qui fcintillait fi pur au vafte firmament.
Ah! quel moment pour toi lorfque, pour mieux entendre,
Je tendis mon oreille avide de l'apprendre,
Ce nom que dès longtemps je défirais favoir
Afin de le redire à la brife du foir !
Ah ! quel moment pour moi, quand les boucles foyeufes
De tes jolis cheveux aux courbes onduleufes
Vinrent, comme un foupir, fur mon front friffonnant
S'égarer, fils bénis au contact innocent !
Quelle heure pour mon cœur ! quelle heure de délice !
Comme je bus alors jufqu'au fond du calice
Le contenu d'amour qu'y verfaient tes beaux yeux !
Mon âme tout émue, & le doigt vers les cieux,

Pourfuivant du regard cette étoile brillante,
Vers toi je me penchai... puis, d'une voix tremblante.
Tu pus entendre alors mes lèvres épeler
Ce nom que tu m'appris : *Étoile du berger*.

LE CHIEN ET L'ENFANT

A mon fils Paul.

POURQUOI, gentil enfant, de ta main blanche & fine
     Me faire ainſi ſouffrir ?
Moi qui, pour t'amuſer, t'ai ſouvent ſur l'échine
     Porté pour ton plaiſir !

Pourquoi te plais-tu donc à me tirer l'oreille ?
     Pourquoi tyranniſer
Ton chien qui ſur tes pas comme une mère veille,
     Prêt à te protéger?

Pourquoi frapper ainſi cette tête ſi chère
          Qui ne vit que pour toi ?
Pourquoi brille en tes yeux cet éclair de colère
          Qui me remplit d'effroi ?

Pourquoi me muſeler ? Pourquoi clore ma bouche ,
          Inventer des tourments ?
Je ne pourrai donc plus d'un aboiement farouche
          Éloigner les méchants ?

Et qui te ſauvera ſi tu roules dans l'onde
          Traîtreſſe du torrent ,
Si je ne ſuis plus là , gardant ta tête blonde
          De mon œil vigilant ?

Si de méchants enfants veulent un jour te battre ,
          Qui te protégera ?
Si je ne ſuis pas là pour t'aider & combattre ,
          Qui donc te défendra ?

Ne m'aimes-tu donc plus ? Regarde ma prunelle
    Se fixer fur tes yeux,
Et dis-moi s'il exifte un être plus fidèle
    Qui puiffe t'aimer mieux ?

Involontairement, ah! fi je fuis coupable,
    Sois clément envers moi;
Pardonne au pauvre chien qui devient redoutable
    Quand il fe bat pour toi.

Que ton œil noir s'éclaire & qu'un fourire effleure
    Tes lèvres de carmin;
Ne martyrife plus ton brave chien qui pleure
    En te lèchant la main.

Brave Uox, dit l'enfant, ta bonté me défarme;
    J'ai tort de te punir,
D'arracher de tes yeux une brûlante larme,
    De te faire fouffrir.

Et déformais crois-moi, brave ami, fois fans crainte,
      Je jure de t'aimer,
Toi qui pour moi, fans peur, fans pouffer une plainte.
      Uox, te ferais tuer!

CE QU'ON N'OUBLIE PAS

Ce qu'on n'oublie pas, c'eſt l'inſtant du jeune âge
Où, le cœur enivré d'une ſainte émotion,
Le corps de ſon Sauveur on reçoit ſans partage,
Pour la première fois, en une communion.

Ce qu'on n'oublie pas, c'eſt le jour de naiſſance
De l'enfant premier né; c'eſt le raviſſement
De ſon premier ſourire & l'ineffable tranſe
Que cauſe un premier pas, toujours ſi chancelant.

Ce qu'on n'oublie pas, ce qu'aucun temps n'efface,
C'eſt le doux ſouvenir des purs & ſaints aveux,
A jamais immortels, malgré l'heure qui paſſe,
Et que deux cœurs amis échangèrent entre eux.

Ce qu'on n'oublie pas, c'eſt ce baiſer de flamme
Qu'un jour, jour de bonheur, vous ravit, à genoux,
Celui qui devant Dieu vous appela ſa femme
Et que ſi tendrement on nomme ſon époux.

Ce qu'on n'oublie pas, c'eſt l'emblème de gloire
Que l'on a défendu ſous le feu des canons ;
C'eſt l'étendard ſacré qu'en un jour de victoire
On a vu rayonnant au front des bataillons.

Ce qu'on n'oublie pas, c'eſt la douce patrie,
Quand un exil amer vous en a ſéparés ;
Ce ſont les bons baiſers d'une mère chérie
Lorſqu'elle nous berçait dans ſes bras adorés.

Ce qu'on n'oublie pas, c'eſt qu'à l'heure ſuprême,
L'heure où l'éternité nous entr'ouvre ſes bras,
Un Dieu juſte & clément de ſes enfants qu'il aime
Viendra par un ſourire embellir le trépas.

L'ENFANCE

A ma fille Clotilde.

TEMPS à jamais béni que celui de l'enfance,
   Seul temps vraiment heureux,
Où tout n'eſt que parfum, amour & innocence,
   Où tout eſt radieux ;
Temps qu'on n'oublie pas, & qui paſſe ſi vite,
   Emportant avec lui

La fageffe du cœur, qui s'envole & nous quitte
     Dès que fon heure a lui !
J'ai de ce temps au cœur un fouvenir intime
     Que je fens treffaillir,
Et je voudrais favoir fur la lyre sublime
     Chanter pour le bénir,
J'effaîrai cependant ; aidée de ma Mufe,
     Je trouverai l'accord
Digne du temps fi pur où tout chante & s'amufe,
     Sans crainte & fans remords.

Je me fouviens du temps où, fous l'œil de ma mère,
Je folâtrais gaîment de la fleur au buiffon,
Quand j'effayais d'atteindre en ma courfe légère
A travers la prairie un brillant papillon.

Je me rappelle encore, après ma courfe folle,
Que ma mère était là, me grondant doucement,
Et que je m'endormais alors fur fon épaule
Pendant qu'elle effuyait mon front tout ruiffelant.

Longtemps elle berçait , en le preffant contre elle,
Son enfant bien aimé qu'elle couvait des yeux ;
Elle femblait vouloir abriter fous fon aile
Ce tréfor adoré qui lui venait des cieux.

Quand j'entr'ouvrais les yeux, elle était fouriante :
Je fouriais auffi ; mais fans favoir pourquoi ;
Ses lèvres fredonnaient une chanfon touchante,
Et fon cœur murmurait : Je ne vis que pour toi !

Et je me rendormais parfois dans un doux rêve,
Ivre de fon regard & le vifage heureux.
Ah ! ces doux fouvenirs dont le voile fe lève
Rappellent à mon cœur des jours délicieux !

Plus tard j'appris fon nom, que mes lèvres de rofe
Effayaient d'épeler comme elle le faifait ;
Quand il fortait voilé de ma lèvre mi-clofe,
Sur mon front blanc & pur ma mère m'embraffait.

Je fautillais joyeufe en redifant : Ma mère !
Heureufe de favoir balbutier fon nom,
Et l'écho répétait ce nom fi doux : Ma mère !
Qui fuyait en mourant jufqu'au fond du vallon.

Ah ! qu'il eft beau ce temps où tout eft innocence,
Où l'âme eft ingénue, où le cœur eft fi pur,
Où l'on croit & l'on aime, où tout eft confiance,
Où notre inftinct bannit tout ce qui eft impur !

Je me rappelle encor cette heure regrettée
Où je prenais plaifir à brifer mes jouets,
Où, prenant dans mes bras ma plus belle poupée,
J'allais furtivement lui conter mes fecrets.

Combien de fois ma bonne mère
Vint fe mêler fière à mes jeux,
Et, d'une main douce & légère,
Modérer mes ébats joyeux !

Bien rarement j'étais gentille,
Croyant qu'elle me taquinait,
Mais la vue d'une paftille
Bien vite mon front déridait.

Pendant que mes lèvres avides
Suçaient le bonbon tentateur,
Ses deux yeux, de tendreffe humides,
Brillaient d'amour & de bonheur.

Elle prenait ma main mignonne
Et la ferrait en l'embraffant,
Puis me faifait une couronne
D'un bras léger & careffant.

Elle fouillait ma chevelure,
L'admirait d'un œil radieux,
Arrangeant toujours ma coiffure
En des atours harmonieux.

L'enfance pour nous tous, c'eſt l'heure poétique,
Celle qui nous rappelle auſſi le plus d'attraits;
C'eſt l'heure où de l'enfant l'image ſéraphique
Nous laiſſe, en s'éloignant, le cœur plein de regrets.

C'eſt l'heure où tout eſt pur & exempt de tout vice,
L'heure de ſainteté, de tendreſſe & d'amour;
L'heure de vrai bonheur, d'ineffable délice,
Et pourtant elle paſſe & ne dure qu'un jour !

SOUVENIRS & REGRETS

ÉTENDUE à demi fur la peloufe humide,
Mes regards fe perdant dans l'efpace & le vide,
La lèvre tout émue & le cœur palpitant,
J'évoquais du paffé le bienheureux inftant ;
Je fouillais dans la nuit du temps heureux qui paffe
Bien plus rapidement que l'oifeau dans l'efpace,
Et de ma bouche alors fortit un nom bien doux,
Un nom que je voudrais ne dire qu'à genoux.

. . . .

« Ah! m'écriai-je alors, tout ici me rappelle
» Ce foir où l'Angelus tintait dans la chapelle,
» Où le zéphyr pleurait dans les chênes touffus,
» Où la cafcade en pleurs roulait fon bruit confus,
» Ce foir où le foleil gliffant dans la montagne
» Semblait avec regret à la verte campagne
» De fes rayons penchés dire un adieu d'un jour. »
Tout femblait, ce foir-là, redire avec amour
Ces moments bien aimés qu'à mon efprit fidèle
Le fouvenir venait raviver de fon aile.
C'était toujours là-bas, tintant dans le clocher,
Au milieu du hameau perché fur un rocher,
Que la cloche chantait fon hymne religieufe.
On aurait dit, de loin, la voix d'une âme heureufe
Répétant fa prière à la brife du foir,
Sanctifiant ainfi de ce jour le devoir.
C'était toujours le bruit de la chute rapide
Se brifant fur la pierre en pouffière liquide;
Les rayons du foleil plongeant vers l'horizon
Et d'un dernier baifer careffant le gazon.
Tout en rêvant ainfi, de ma main exercée
J'achevais du vallon l'ébauche commencée,

Difgracieufe ébauche où vite on devinait
Le trouble intérieur qui lors me dominait.

. . . .

Ah! c'eft que mon efprit & mon âme attendrie
Évoquaient de jadis une image chérie!
C'eft que fi l'Angelus, la cafcade & le bois
Me rappelaient toujours la fcène d'autrefois,
Il manquait au tableau, pour compléter le charme,
Ce qu'en vain je cherchais au travers d'une larme!
Et ce que je cherchais de mes regards voilés,
Ce que je demandais aux replis reculés
Du féculaire bois trifte & filencieux,
Ce que je demandais à la terre & aux cieux,
C'était le doux héros de ce foir plein d'ivreffe,
Dont l'abfence aujourd'hui rempliffait de trifteffe
Mon cœur qui, ce jour-là, battait fi vivement.
Où donc avait-il fui, ce bienheureux moment
Où je vis accourir fur la peloufe verte,
Foulant d'un pied léger la corolle entr'ouverte
De la petite fleur germant dans le buiffon,
Celui dont j'évoquais la douce apparition?
Hélas! ce n'était plus cette heure fortunée

Où j'avais devant moi son image adorée,
Où mes fens dilatés & mon regard heureux
Semblaient oublier tout, & la terre & les cieux !
Ce n'était plus le foir où fon vifage rofe,
Semblable au pur miroir où le regard repofe,
N'avait rien de caché pour moi qui connaiffais
De ce cœur noble & bon les plus petits fecrets !
Ce n'était plus le foir où fon œil fi limpide,
Comme une goutte d'eau dans un calice avide,
Ravivait les rayons de mes yeux éblouis
Par fes regards fi doux, par fes regards amis.
Devant moi, fur la mouffe à l'épaiffeur humide,
Je croyais le revoir, mais fa place était vide !...
Silencieufe, en vain j'écoutais fi parfois
Ne me parviendraient pas les accents de fa voix.
Mais, hélas ! j'avais beau me pencher pour entendre
L'accent mélodieux de cette voix fi tendre ;
Vainement je tendais à la brife du foir
Une oreille attentive animée par l'efpoir ;
Ma tète s'inclinait, et mes lèvres émues
Tremblaient au fouvenir de ces heures perdues ;
Mes yeux cherchaient en vain celui qui me parla ;

Cruelle vérité! non, il n'était plus là!...

. . . .

Hélas ! devant mes yeux s'ouvrait le vide immenfe.
Au lieu de fa parole, un lugubre filence !
La nature pour moi n'offrait aucun attrait ;
Mon cœur était brifé d'un ftérile regret.....

UNE NUIT

A lune fe mirait dans l'eau claire & limpide
Du ruiſſeau murmurant au pied du vert coteau ;
Le zéphyr m'apportait, fur fon aile timide,
Le fon de l'Angelus qui venait du hameau.

Iſolée un moment près la porte ruſtique,
Je penfais triſtement qu'il nous fallait partir,
Abandonner ainſi la villa poétique,
Et peut-être, qui fait ? pour n'y plus revenir.

Quelques inftants plus tard, le grand char de la ferme,
Fortement attelé, au calme de ces lieux
Nous arrachait émus, mettant, hélas ! un terme
Aux ferrements de mains, aux baifers, aux adieux !

Il était là, mon Dieu ! moi, chaftement affife,
Affife près de lui, fur le banc raboteux ;
Mes longs cheveux frifés, lutinés par la brife,
Lui dérobaient parfois les rayons de mes yeux.

Si nos regards penfifs, s'égarant dans les nues
Qui gliffaient lentement fur le fond de velours,
Se rencontraient parfois, nos deux âmes émues
Treffaillaient tendrement d'un mutuel amour.

Si le chemin pierreux donnait une fecouffe
Au rude chariot, auffitôt fur mon front
Je fentais voltiger fon haleine fi douce
Et mon cœur éprouvait un enivrant friffon.

Pas un mot ne fortait de nos lèvres mi-clofes ;
Un fourire, un regard, c'était peu, j'en conviens,
Mais nos tendres foupirs, plus purs que ceux des rofes,
Échangeaient cet aveu fi doux : Je t'aime bien !

La lune, qui verfait fur nous fa clarté pure,
Semblait nous dire : Enfants, vous vous aimez, tant mieux.
Et la brife elle-même, en fon joyeux murmure,
Semblait nous dire : Enfants, foyez, foyez heureux !

La villa cependant s'éloignait dans la brume ;
L'heure fuyait auffi fur les ailes du temps ;
Les flancs des deux chevaux fe tachetaient d'écume ;
Mais ce trajet fi long ne dura qu'un inftant.

Hélas ! inftants bénis, & vous, heures propices,
Pourquoi partir fi vite & ne plus revenir ?
Pourquoi rendre fi courts ces inftants de délices ,
O vous que nous aimons, heures, pourquoi nous fuir ?

Jufqu'au feuil du tombeau, de cette nuit fi belle
Vivra toujours en moi l'enivrant fouvenir;
Tandis que lui redit : « Quand me reviendra-t-elle ? »
Que pareil au paffé Dieu faffe l'avenir !

CE QUE J'AIME

A Monsieur le marquis H. de H***

C E que j'aime ici-bas, c'eſt la joyeuſe enfance,
Temps heureux entre tous, à qui chacun ſourit;
J'aime auſſi l'âge d'or qu'on nomme adoleſcence,
Qui voit la vie en roſe & que tout réjouit.

J'aime à voir tournoyer aux ſons de la fanfare
L'eſſaim bariolé des veneurs dans les bois ;
Des piqueurs & des chiens j'aime le tintamarre,
Quand ſonne l'hallali pour le cerf aux abois.

J'aime du vieux manoir les foſſés, les tourelles,
Les remparts, les créneaux & les machicoulis ;
J'aime à me figurer des nobles damoiſelles
Le cortége brillant franchir les ponts-levis.

J'aime avec paſſion cette terre claſſique
Où fleuriſſent les arts, la grâce & la beauté ;
J'aime cette cité qui, ſur l'Adriatique
Dont elle eſt le joyau, s'étale avec fierté.

J'aime l'aube naiſſante empourprant l'orient;
Dans les prés j'aime à voir l'azur des myoſotis ;
J'aime au bord du lac bleu la briſe m'apportant
L'enivrante ſenteur des orangers fleuris.

Du bois majeſtueux j'aime l'ombre profonde,
L'eau claire du ruiſſeau qui tombe des hauteurs;
Par le vaiſſeau léger j'aime à voir fendre l'onde ;
J'aime auſſi la caſcade & ſa robe de pleurs.

Du fauvage ravin j'aime la folitude ;
D'un aveu chafte & pur j'aime le doux accent ;
Du langage facré je vénère l'étude,
Et de la vérité j'aime auffi le ferment.

J'aime ce qui eft beau, grand, élevé, fuperbe ;
J'aime les mots : patrie, amour & piété ;
J'aime du vert gazon le plus frêle brin d'herbe,
A l'égal du grand cœur qui fait la charité.

Ce que j'aime le plus, oh ! c'eft un cœur fincère,
La prière du foir dans l'ombre du faint lieu,
Les fecrets battements de l'âme qui m'eft chère,
C'eft lui, mon doux ami, c'eft le ciel & c'eft Dieu !

CHANT DEUXIÈME

Oui, c'eſt pour lui toujours que ma lyre ſoupire !
Mon Dieu ! fais que mes vers ſoient plus mélodieux ;
Fais que ma voix émue obtienne un doux ſourire,
Un tendre mot d'amour, un rayon de ſes yeux !

EXCLAMATION

COMMENCERAI-JE ici par un cri de vengeance,
Par un geste d'horreur lancé sur un berceau ?
Mon luth faible & craintif sera-t-il sans clémence
Et ne vibrera-t-il qu'au seuil d'un noir tombeau ?
Le langage sacré de la corde qui vibre
Ne s'élancera-t-il que pour crier : Tuons !
Et ma voix, qu'en chantant je sens toujours si libre,
Dans un sinistre éclat dira-t-elle : Vengeons !
Non ! laissons la vengeance & tout son noir cortège
A celui dont le mal est le seul élément.

Nous, cherchons vers le ciel ce Dieu qui nous protège,
Et gardons dans le cœur un noble fentiment.
Oui, gardons dans le fond de notre âme fidèle
Ce fentiment d'amour qui nous fait pardonner,
Et chantons à jamais fur la lyre immortelle
L'amour, toujours l'amour, il eft fi doux d'aimer!

REPROCHES D'AMOUR

Romance.

AUPRÈS de toi, bien aimé que j'adore,
Mes jours jadis étaient des jours d'azur ;
Ces inftants-là reviendraient-ils encore
Où je lifais dans ton regard fi pur ?
Pourquoi, dis-moi, troubler ainfi mon âme ?
Ce feu fi doux, qui brûlait nuit & jour,
N'était donc pas fuffifant pour ta flamme ?
Que t'ai-je fait, dis-le moi fans détour.

Ah ! je le vois, le pur amour te laffe ;
Des plus beaux dons on fe blafe un beau jour.
Oui, je le fens, une autre a pris ma place ;
Tes beaux ferments n'ont duré qu'un feul jour.

Mais vainement le papillon butine
Dans les jardins, les champs & les bofquets,
Aucune fleur qu'en paffant il lutine
N'éclipfera fon fidèle bleuet.

Ingrat, adieu! Tout le long de ta route,
Sème ton cœur fans fonger à tes vœux;
De l'inconftance épuife goutte à goutte
Le doux breuvage. Adieu! volage, adieu!...
Mais qu'ai-je dit? Oh! mon ami que j'aime!
Ton fouvenir ne peut fuir de mon cœur.
Oh! viens, je t'aime & t'aimerai quand même;
Viens, à mon cœur viens rendre le bonheur!

LA CALOMNIE

Il n'eſt aucun fléau ſur notre triſte terre
Qui briſe, qui flétriſſe, ou tue, ou déſeſpère,
Comparable à celui qui fait ſi lâchement
Se faufiler partout en tortueux ſerpent.
C'eſt celui qu'un démon appela *Calomnie*.
C'eſt celui que l'enfer, dans ſa rage infinie,
Vomit dans un moment de libéralité,
Et dont le noir venin couvrit l'humanité.

C'eft ce poifon fubtil, c'eft la lâche impofture
Qui ne vit qu'aux dépens de l'âme chafte & pure.
Vice hideux, infâme, horrible & corrompu,
Semblable au tigre affreux qui n'eft jamais repu,
Infiltrant le venin bien mieux que la vipère,
Plus terrible cent fois que la pefte & la guerre.
Ah! noir & vil démon qui jadis l'inventa!
Ah! vice ténébreux que l'enfer enfanta!
Atrocité fans nom, dont le fombre cortège
Frappe un cœur innocent qu'hélas! rien ne protège!
Monftre affreux, dont la dent diftille le venin,
Qui fème de malheurs fon tortueux chemin;
Mal incurable & fûr dont l'atteinte mortelle
Fait au cœur le plus pur une tache éternelle!
Quand donc Dieu voudra-t-il d'un gefte impérieux.
L'engloutir pour jamais dans l'antre ténébreux?
Quand donc de fon regard & terrible & fublime
Lui défignera-t-il le fond du noir abîme,
Et que, difparaiffant pour toujours de ce lieu,
Libres, reconnaiffants, remercîrons-nous Dieu?
Hélas! ce jour fi beau, furtout pour l'âme pure,
Luira-t-il une fois fur l'humaine nature?

Cette heure défirée & fi digne d'amour
Viendra-t-elle, Seigneur, ah ! viendra-t-elle un jour?
Non ! Pour toujours, hélas ! fur la terre où nous fommes
Calomnie vivra tant que vivront les hommes !

L'HEURE OÙ JE L'AI AIMÉ

S'IL fallait préciser l'instant où dans mon âme,
A mon insu, brilla cette divine flamme
Qui relève nos cœurs en nous faisant aimer,
Je ne pourrais trouver, car vraiment je l'ignore,
L'heure cent fois bénie où le cœur jeune encore
Pour un cœur inconnu songe à se partager.

Ainsi, quand mon esprit cherche l'heure précise
Où mon âme vers lui se penchant indécise
Comme une fleur d'avril à l'amour vint s'ouvrir,

Il cherche vainement cette date incertaine,
Qui femble, comme Dieu, du ciel être la reine,
Ne pouvant commencer & ne pouvant finir.

Il eft comme un brouillard qui dans l'air s'évapore,
Et que notre regard étonné cherche encore
Lorfque depuis longtemps cette vapeur a fui.
Et tout ce que je fais dont mon cœur fe fouvienne,
C'eft qu'il eft dans la vie une heure, & c'eft la mienne,
Où l'amour doucement dans ma jeune âme a lui.

Pourquoi cet amour-là transforma-t-il mon être ?
Pourquoi ? Je ne le fais. Eft-ce par fa bonté,
Sa douceur, fes beaux yeux, fa noblefse peut-être,
Que mon cœur fut féduit & mon efprit dompté ?

Je ne fais. Je l'aimais, tout bas je l'aime encore,
Oh ! oui, je l'aimerai jufqu'à mon dernier jour.
Pourquoi ? Dieu feul le fait, lui qui dès mon aurore
Voulut que dans mon cœur naquît un tel amour !

J'aimai bien jeune encor, quand de l'enfance à peine
J'avais abandonné la folie & les jeux;
J'aimai, lorſque ſa main vint à frôler la mienne
Et que mes yeux rêveurs rencontrèrent ſes yeux.

J'aimai, lorſque la briſe, en careſſant ſa tête,
Vint juſqu'à moi porter un parfum enivrant;
J'aimai, lorſque ſa voix, qu'écho mon cœur répète,
Éveilla dans mon âme un doux frémiſſement.

J'aimai, lorſque ſon front eut ſur moi l'influence
D'attirer mon regard qu'il voila pour toujours.
J'aimai, lorſque ſa vue, emblème d'eſpérance,
Fit que mon jeune cœur lui conſacra ſes jours.

J'aimai, quand je ſentis bondir dans ma poitrine
Je ne ſais quoi de beau, de grand & de divin;
J'aimai, quand ſon viſage à la beauté divine
Eut d'un choc inconnu bouleverſé mon ſein.

J'aimai, lorfque ma voix, fe mêlant à la fienne,
Eut trouvé des accents d'ineffable douceur ;
J'aimai, lorfque fa main, en tremblant dans la mienne,
Dans un long rêve d'or m'eut fait croire au bonheur !

J'aimai, quand mes regards, qui devenaient humides,
Se perdirent un jour au fond de fon œil bleu ;
J'aimai, lorfque égaré fur mes lèvres timides
Voltigea fon doux nom que je redis à Dieu !

Voilà ce que je fais. Dieu feul, dans fa puiffance,
Peut dire à quel inftant mon cœur connut l'amour.
Je fais que dans mon âme habita l'Efpérance
Et qu'elle n'y vécut que l'efpace d'un jour !

LE NID

Romance.

Caché fous la feuillée,
Au bord du fleuve bleu
De la fraîche vallée,
Vrai rubis de ce lieu,
Eft un nid fur un faule
Qui penche fur les eaux,
Et dont la brife folle
Balance les rameaux.

O vous tous qui paſſez près de ce nid paiſible,
Levez vers lui les yeux, marchez à petits pas :
Approchez-vous bien près, auſſi près que poſſible,
Regardez, admirez, mais ne le touchez pas.

C'eſt là que l'amour règne
Quand fleurit le printemps,
Et c'eſt là que Dieu daigne,
Une fois tous les ans,
D'un regard, d'un ſourire,
Encourager l'oiſeau
Qui revient pour conſtruire
Son nid ſur un rameau.

C'eſt là que l'Eſpérance
A la fraîche couleur
Doucement ſe balance
A côté du Bonheur;
C'eſt là qu'eſt le myſtère
De la création;
C'eſt là que la prière
Monte au ciel en chanſon.

Oui , c'est la vertu même ;
Le mal ne règne pas
Dans ce vivant emblème
Du bonheur d'ici-bas.
L'innocence l'habite
Et l'amour y grandit ;
La place est bien petite ,
Mais le ciel la bénit.

UN BAISER

Souvenir.

LE plus doux souvenir du temps de ma jeuneſſe,
Celui qui me ſuivra juſqu'au ſeuil du tombeau,
Celui que mon eſprit à tout inſtant careſſe,
Souvenir de bonheur, pour moi toujours nouveau,
C'eſt un baiſer donné ſous la briſe embaumée,
Par une nuit d'été, près d'un berceau charmant ;
C'eſt un baiſer reçu d'une bouche adorée
Sur ma lèvre embraſée à ce contact brûlant !
Ah ! laiſſez-moi redire à la terre & au monde
Ce que j'ai reſſenti dans ce rêve d'amour !

Laiſſez-moi raconter l'impreſſion profonde
Qui s'envola vers Dieu ſans même vivre un jour !
. . . .
Nous nous étions aſſis ſous la fraîche verdure,
Émus, l'âme ravie & les yeux dans les yeux ;
La briſe, en friſſonnant à travers la ramure,
Éparpillait des fleurs en pluie ſur nous deux ;
La lune étincelante en un ciel de turquoiſe
S'efforçait par inſtant de percer les tilleuls
Sous leſquels Cupidon, à la lèvre narquoiſe,
Semblait nous défier au milieu des glaïeuls.
Un pur rayon d'argent gliſſait par intervalle
Au travers des rameaux doucement balancés,
Et l'éclair indiſcret d'une lumière pâle
Trahiſſait dans la nuit nos deux bras enlacés.
Nous murmurions tous deux des paroles divines,
Langage que le ciel ne donne qu'aux élus.
Nous échangions tous deux des phraſes enfantines,
Phraſes que mon cerveau ne retrouvera plus.
Nos têtes ſe penchaient, & les boucles ſoyeuſes
De ſes beaux cheveux blonds s'égaraient ſur mon front.
Nos idées dès lors devinrent vaporeuſes,

S'égarant dans le vague où nous nous envolions.
Nos lèvres fe cherchaient mutines & avides ;
Nos yeux demi voilés ne voyaient que nos yeux.
L'Amour précipitait les battements rapides
De nos cœurs palpitants, échangeant des aveux.
Serrés étroitement, nos lèvres fe touchèrent.
. . . .
Alors d'un feu nouveau je fentis s'embrafer
Tout mon être à la fois ; mes lèvres s'altérèrent
Sous l'effet enivrant d'un fébrile baifer.
Nous ferions reftés là longtemps, toujours peut-être ;
Pour nos âmes, toujours ce n'était pas affez !
Ah ! ce doux fouvenir, oui, je le fens renaître,
Cet amour éphémère & trop vite paffé !

A MON FUSIL

QUAND je pofe ma main fur le bord de ta bouche
Pour laiffer repofer mon bras qui s'affaiblit,
    Quand, m'appuyant fur toi, je fens ton bord farouche
Faire un cercle glacé fur ma main qui pâlit ;
Quand, me fiant à toi, je m'abandonne à l'aife
Sur ta tranche d'acier à l'antre ténébreux,
Sur cet œil qui fe change en ardente fournaife,
    Sois, mon fufil, filencieux !

Quand j'introduis en toi la charge redoutable
Dont l'explofion fubite envoie au loin la mort,

Quand ma main a verfé cette poudre inflammable
Qui prend feu dans ton âme & tue fans remords,
Quand, de mes doigts chaffant la baguette flexible,
Je comprime en ton fein poudre & plomb à la fois,
Quand dès ce moment-là tu redeviens terrible,
   O mon fufil, refte fans voix !

Quand je place avec foin l'amorce qui fcintille
Sur le bout oppofé de ta bouche d'enfer,
Quand je couche en ma main ton long tube qui brille,
Que je pofe mes doigts fur ta garde de fer,
Quand je monte le chien qui claque & qui réfonne
Et le laiffe en fufpens fur une dent d'arrêt,
Quand tu peux à l'inftant faire que ta voix tonne,
   O mon fufil, refte muet !

Mais fi tu fens ma main d'une étreinte fébrile
A l'épaule preffer ta croffe de noyer ;
Si je cherche du doigt la détente mobile
Qu'un fimple attouchement fuffit pour relâcher ;
Si je penche mon cou fur le bois que je preffe ;
Si de mon œil perçant je cherche ton guidon,

Alors, ô mon fufil, détonne avec preffeffe,
  Et de muet deviens démon !

Oui, gronde, tonne, frappe, & que ta voix éclate,
Réveillant les échos des gorges & des bois;
Que tout être animé fous ta flamme écarlate ,
D'épouvante frappé , tremble devant ta voix ;
Que le plomb de ton fein craché loin de ta bouche
Dans fon parcours rapide aille femer l'effroi ;
Oui, feulement alors, ami, deviens farouche,
  Et fans pitié brife tout devant toi !

L'OUVERTURE DE LA CHASSE

Chanfon.

LES fix mois de clôture,
Amis, font terminés.
Hourrah! c'eft l'ouverture
Partons tous bien armés.
Cette date attendue
Enfin fonne pour nous;
D'une voix étendue
Chantons, oui, chantons tous.

Aujourd'hui, pas de grâce
Aux fauves, aux oifeaux ;
Tremblez, lièvres, bécaffes,
Chevreuils, fangliers, perdreaux.

Enfin , tous les difciples
D'Hubert, le faint des faints ,
En tranfports indicibles
Bondiffent pleins d'entrain,
Du fufil qui réfonne
A leur chien qui gémit ,
De la corne qui fonne
Au carnier qu'on remplit.

Debout, enfants, c'eft l'heure,
En avant le jarret !
Pas un de vous ne pleure
Au moins ?... Allons, parfait !
Amis, chargeons nos armes,
Car le jour va venir,
Ce jour fi plein de charmes ;
C'eft bien affez dormir !

Enfin, l'horizon brille,
Amis, voilà le jour.
Quoi! dans vos yeux fcintille
Une larme d'amour!
Pleurer! ce n'eft pas l'heure;
Voyons, y fommes-nous!
Laiffons là la demeure
Et gaîment chantons tous :

Aujourd'hui, &c.

BOLÉRO, MON COURSIER

BOLÉRO ! Mon cœur bat en prononçant ce nom.
C'eft le nom d'un courfier d'Afrique originaire,
Que mon mari m'offrit pour un anniverfaire,
Et qui pendant longtemps fut mon feul compagnon.

D'une blancheur de cygne, à nulle autre pareille,
Telle fa robe était, le nafeau grand ouvert,
La tête intelligente & petite l'oreille,
L'encolure flexible & les jambes de fer;

Souple, lefte, nerveux, fvelte comme un lévrier,
Il en avait l'allure, &, tel que la gazelle,
Il était élaftique en fes jarrets d'acier
　　　　　Et bondiffait comme elle.

Son fuperbe panache, attaché fièrement,
Defcendait onduleux & balayait la terre
Que fans ceffe il grattait de fes pieds de devant.
Ah! que j'étais heureufe & comme j'étais fière
Quand criant : Boléro! je voyais accourir
Mon élégant courfier dont jamais une entrave
N'avait meurtri le pied; comme un fidèle efclave,
Il était nuit & jour tout prêt à m'obéir,
Et toujours me rendant careffe pour careffe,
Comme ferait un chien, il me fuivait fans ceffe;
Je tapotais fon col, il me léchait la main
Pour recevoir du fucre ou bien un peu de pain.

Quel bonheur! quand ma main faififfant fa crinière,
　　　Sur fon dos je fautais d'un bond!
　　　　　Et hop! & hop!
　　　　　　Au galop!

Il partait tout d'un trait dans une charge à fond.....
Ses fabots gracieux foulevant la pouffière
Formaient derrière nous une rampante traîne
De volutes fans fin eftompant notre arène,
   Comme un ferpent
    Géant.

Mon amazone bleue où le vent s'engouffrait
De mon noble courfier femblait former les ailes ;
Une plume de cygne en ma toque flottait
Comme un gai papillon ; le feu dans les prunelles,
Ivre de volupté, retenant mon haleine,
J'oubliais tout alors!... Ravins, foffés & plaine
Fuyaient avec les prés, collines & vallons.
Tel un grand éventail qu'une main titanefque
   Eût replié fur nos talons.
Plus vite, Boléro ! Et d'un bond gigantefque
   Il activait fa courfe folle,
   Léger comme le fils d'Éole.

Il volait plus léger que l'air environnant
Qu'il enflammait du feu de fon nafeau fumant ;

Sous fes pieds jailliffaient des gerbes d'étincelles,
Menaçant d'embrafer des moiffons les javelles.
Il volait, il volait ! On eût dit un démon,
Ou bien un des courfiers du divin Apollon,
Ou bien un ouragan qui jamais ne fe laffe.
      J'étais la reine de l'efpace,
         Et lui de l'air
         L'éclair ! ! !

EXCURSION DANS LA MONTAGNE

UN grand nuage noir voile l'horizon bleu,
Barrière de vapeur entre le ciel & Dieu !
Le foleil vainement de fes flèches fubtiles
S'efforce de percer ce grand voile mobile ;
L'aftre éternel du jour dont le globe éblouit,
Voilé, femble impuiffant à diffiper la nuit.
La montagne aux flancs noirs fe dérobe dans l'ombre,
Et dans le flanc perdu de fes replis fans nombre,
On ne peut diftinguer qu'un dédale fans fonds
D'abîmes tourmentés de plus en plus profonds.

Plus loin, bien loin, là-bas, aux confins de la plaine,
Une ligne frangée & qu'on diftingue à peine
Limite le regard & s'allonge fans fin,
Terminant brufquement ce nuage d'airain.
Mais foudain le zéphyr agite le feuillage,
Et dans le bois doré j'entends le doux ramage
Des oifeaux babillards faluant cet air pur
Qui va diffiper l'ombre & leur montrer l'azur.
Le nuage aux flancs noirs fe diffipe & fe brife,
Et fous le doux effort de la légère brife,
Se divife en lambeaux qui fondent tour à tour,
Et le foleil joyeux rayonne avec amour.
Alors, levant au ciel avec reconnaiffance
Un regard auffi pur que celui de l'enfance,
Je reprends mon bâton pour appuyer ma main
Émue, & je pourfuis lentement mon chemin.

. . . .

Le ciel qui s'éclaircit impreffionne mon âme.
Je fens du vers facré la poétique flamme
Monter abondamment à mes lèvres en feu.
Je vais, balbutiant, comme on fait d'un aveu,
Des mots entrecoupés réfonnant en cadence,

Et remerciant Dieu d'avoir eu la clémence
De diſſiper enfin ce voile nébuleux
Qui peſait ſur mon âme en attriſtant mes yeux.
Je gravis lentement le flanc de la montagne,
Jetant de temps en temps ſur la verte campagne,
Qui derrière moi fuit, un long regard d'amour,
Et ſuivant le flanc roide au pénible contour,
Du ſentier tout pierreux dont le zig-zag rapide
Serpente, mal tracé, ſur la montagne aride,
J'arrive fatiguée en un vaſte plateau
Dont la vue eſt charmante & l'aſpect tout nouveau.
Je ſouffle longuement, car la montée eſt rude,
Et quoique de grimper j'aie acquis l'habitude.
Un tapis de gazon ſe déroule à mes pieds,
Et pour reprendre haleine un inſtant je m'aſſieds.
Là, je reſte rêveuſe, admirant en ſilence
Les contours du vallon où le jour qui s'avance
Découvre à l'œil charmé des ſites radieux
Que l'abſence du jour rendait myſtérieux.
Mais mon œil s'obſcurcit d'une larme muette,
Mon front devient penſif & je baiſſe la tête;
Mes lèvres, lentement & d'un accent bien bas,

Bénissent ce vallon qui vit mes premiers pas.
« Vallon, je te bénis, & je sens tout mon être
» Tressaillir de respect pour toi qui me vis naître.
» Pour toi dont le séjour heureux & enchanteur
» M'a gravé pour la vie un souvenir au cœur !
» Je te bénis, vallon témoin de mon enfance,
» Coin du monde ignoré dans notre belle France,
» Où les bois sont plus verts, où les champs sont plus beaux.
» Où la fleur vit longtemps, même auprès des tombeaux.
» Où l'air est pur & sain, l'hirondelle rapide,
» La prairie embaumée & la source limpide,
» Où la vie gaîment s'écoule en flot doré,
» En un songe d'amour, en un rêve azuré,
» Où l'on aime toujours, de la nuit à l'aurore,
» Tant les hommes sont bons dans ce lieu que j'adore !
» Où l'amour, Dieu, le ciel & puis l'éternité,
» Ces grands noms, pour chacun ne sont que vérité.
» Vallon, je te bénis ! Ah ! quand l'heure dernière
» Viendra pour me marquer la fin de ma carrière.
» Quand Dieu recueillera mon fidèle soupir
» Et que je sentirai mon cœur se refroidir,
» Jusqu'à ce moment-là, jusqu'à l'instant suprême,

» Je redirai toujours : O vallon ! oui, je t'aime !

» Mon souvenir brisé par la divine loi

» Aura jusqu'à la mort une lueur pour toi ! »

Je dis, & me levant, j'essuie en ma paupière

Une larme d'amour qui tombe sur la pierre,

Perle humide que Dieu doit aimer & bénir,

Car pleurer de bonheur, c'est encor le servir.

Je reprends mon chemin, courbée en mes pensées,

Quand les branches d'un hêtre à peine balancées

Viennent frapper mon front & me montrent le bois

Où, joviale enfant, j'ai couru tant de fois.

Là-bas, je reconnais la fontaine limpide ;

Autour d'elle s'étend une pelouse humide,

Et derrière le bois sombre & mystérieux,

Cachant de ses rameaux ses troncs forts & noueux.

Les oiseaux, effrayés par ma brusque présence,

A l'aspect de mon chien qui par un bond s'élance,

Se lèvent éperdus pour aller se percher

Sur les branches des pins ; je les entends chanter,

Je m'avance en silence & je m'assieds à l'ombre

D'un hêtre au tronc géant & au feuillage sombre ;

Je saisis mon bissac & j'y plonge la main ;

Y prenant tour à tour une gourde & du pain,
Du poulet, du jambon, une orange, une poire,
Et d'un des coins du fac, ma portative armoire,
Je retire à fon tour un flacon tout poudreux,
Petit, mais contenant un vin délicieux,
Du bon Xérès vieilli dans un coin de ma cave,
Dont l'afpeft réjouit, dont le goût eft fuave.
Je pofe tout cela fur l'humide gazon,
Et puis, en écoutant des oifeaux la chanfon,
Au bruit harmonieux du vent dans le feuillage,
Près de la fource unie & renvoyant l'image
De mes traits réjouis par l'afpeft de ce lieu,
J'adreffe à demi-voix une prière à Dieu!
. . . .

Qu'il eft doux ce repas, & quelle poéfie
Pour une âme furtout avide d'ambroifie,
Et qui trouve à la fois les cieux & les oifeaux,
Le filence, la paix, le murmure des eaux,
Ces aliments divins dont elle fe fature,
Ce befoin éternel d'une belle nature,
Ce grand befoin des dieux : le fublime & le beau,
Que l'homme cherche, lui, même au feuil du tombeau.

Et ſi l'âme en ce lieu trouve ſa nourriture,
Le corps trouve à ſon tour au ſein de la nature
Cette tranquillité de paiſible bonheur,
Cet appétit robuſte & puis cette vigueur
Que donnent un air pur, une eau fraîche & limpide
Et le contact ſi doux d'une peloufe humide,
Cette odeur parfumée & des fleurs & des fruits,
Et du ruiſſeau chantant les mille petits bruits,
Enfin, ce beſoin d'air, d'eſpace grandioſe,
L'aſpect de la campagne où le regard repoſe,
Cet enſemble en un mot qui charme & qui ſéduit.
Enſemble merveilleux où jamais ne languit
Celui dont le grand cœur comprend, bénit & aime,
Et qui chante toujours juſque dans la mort même !
Ah ! oui ! c'eſt beau, c'eſt grand, ma voix le chantera.
Jusqu'au dernier ſoupir mon cœur le bénira !

. . . .

Mon repas du matin je l'achève en ſilence.
Mon chien aux grands yeux doux remplis d'intelligence
Suit attentivement mon geſte & mon regard,
Et de mon déjeuner me demande ſa part,
Je l'aime, mon bon chien, il m'eſt toujours fidèle ;

J'aime fes yeux penfifs où brille l'étincelle
De cet attachement qu'il éprouve pour moi,
Et dont l'inftinct d'aimer feul lui dicte la loi.
Brave ami, qui comprend fans pouvoir le redire
Ce que je peux penfer, ce que je veux lui dire,
Qui m'aime fans calcul, fans efpoir de retour,
Qui veille fur mes pas & la nuit & le jour,
Qui mourrait l'œil fixé fur fon maître qu'il aime,
Pleurant de le quitter fans penfer à lui-même,
Qui fouffre & qui fe plaint quand il le voit pleurer,
Et dont l'unique loi c'eft : Défendre & aimer !

. . . .

Quelques inftants encor penfive & immobile,
Je regarde mon chien qui, rapide & agile,
Bondit comme un chevreuil au milieu des buiffons,
Pourfuivant une mouche ou bien des papillons.
Il s'éloigne, revient, puis repart & retourne ;
Il fait des bonds à pic & fur lui-même tourne ;
Il fe roule, effoufflé, regarde & par fes yeux
Semble me demander fi j'approuve fes jeux.
Son nom que je prononce arrive à fon oreille ;
Il fe lève auffitôt & fon grand œil s'éveille ;

Il fixe mon regard & lifant dans mes yeux
Ce que je lui demande & ce que je lui veux ,
Il s'élance vers moi , puis , d'un air qui rayonne,
Il attend que je parle & que ma voix ordonne.
Le voyant attentif, je fouris, & ma main
Le careffe avec joie & je lui dis : « C'eft bien !
» Oui, oui, mon brave chien , c'eft ainfi qu'il faut être
» Quand ton nom frappe l'air par la voix de ton maître.
» Voilà , fidèle ami, pourquoi nous nous aimons.
» Maintenant, c'eft affez, levons-nous & partons. »
Ayant dit, je me lève & mon chien me careffe ;
Je lui rends largement careffe pour careffe ;
Puis, tous deux cheminant & par monts & par vaux,
Allons tranquillement chercher des lieux nouveaux.

VISITE AU VOLCAN ÉTEINT

L eſt dans la montagne un pittoreſque ſite,
Qui véritablement mérite une viſite ;
Il rappelle à la fois & des jours bien lointains
Et l'effet étonnant des grands feux ſouterrains.
C'eſt un ravin creuſé par le feu de la houille ;
Qui laiſſa ſur la terre une couleur de rouille ;
Des rochers tout noircis rongés ſur leurs parois,
Parlent avec terreur des volcans d'autrefois.
Un cratère jadis en couronnait la cine,
Et ſa lave roulait avec bruit dans l'abîme

Des blocs que des Titans ne pourraient remuer ;
Le cratère fumant d'en haut les fit rouler.
Ils font amoncelés au bas de la colline
Qui, pour les contempler, vers eux fa crête incline
Tableau fombre, lugubre & qui fait friffonner
Quand l'efprit inquiet cherche à l'analyfer :
Agglomération d'une maffe confufe
Que le temps qui s'enfuit vieillit, ébrèche & ufe,
Chaos fombre, infernal, qui fatigue les yeux
Par fa couleur noirâtre & fon afpect affreux !
Mais fi l'œil, fatigué de ces rochers ftériles,
Cherche à fe repofer, des terres plus fertiles
Se déroulent plus haut, car le flanc du coteau
Apparaît verdoyant & d'un afpect plus beau :
Des arbres, des buiffons en recouvrent la pente ;
Un ruiffeau qui defcend, qui tombe & qui ferpente
Répand fur fon parcours la vie & la fraîcheur.
Le contrafte eft charmant & fait battre le cœur !
Dans le gazon touffu mûrit la fraife rofe,
Ce rubis de nos champs, fur laquelle fe pofe
Le regard, enchanté de trouver en ces lieux
Ce fruit au doux parfum, au goût délicieux.

Une dernière fois, au fond du gouffre fombre
Je jette encor les yeux qui fe perdent dans l'ombre.
Et quitte le torrent pour le fruit parfumé,
Pour ce fruit favoureux qui de tous eft aimé;
Je cherche alors, cachée au pied de la bruyère
Qui s'élève ferrée en ce fite févère,
La fraife dont j'emplis la corbeille d'ofier
Que je tiens d'une main & que je fens plier.

. . . .

Après ample moiffon du fruit que la nature
Sait répandre en tous lieux, fans foins & fans culture,
Je me remets en route & je donne à mon chien
Quelques-uns de ces fruits qu'il apprécie bien.
Il exprime fa joie en gambades câlines
Qu'exécutent en chœur fes quatre jambes fines :
Il bondit, il aboie, il paraît tout heureux,
Puis en remercîments recommence fes jeux.
Précédée par lui, je monte vers la cime
D'où l'afpect du pays eft impofant, fublime.
Mais voici le plateau grandiofe, impofant,
Plateau que je parcours & lequel j'aime tant,
Couvert d'un tapis vert fouple & délicieux,

Formé d'un gazon frais, tout fleuri, bien moelleux,
Où couchée souvent, pourquoi ne pas le dire ?
J'ai fait le rêve heureux d'une âme qui soupire,
Où l'image adorée & que je garde au cœur
Parfois m'est apparue en splendide lueur.
Ce jour-là, je m'assieds sur la pierre moussue,
Et l'image autrefois par mes yeux aperçue
Semble sortir du ciel vaste profond & bleu,
Et se montrer à moi pour me parler de Dieu.
Je le vois s'avancer dans l'éther impalpable ;
Il approche, il est là, mon rêve est adorable ;
Sa lèvre, en souriant, m'attire, me séduit ;
Son regard, plein d'amour, fascine & m'éblouit.
Au comble du bonheur, je contemple en silence
La pure vision qui lentement s'avance ;
J'oublie tout ; mon cœur, avide & palpitant,
Croit aimer, balbutie un sincère serment.
C'est qu'il est là, mon Dieu ! celui pour qui mon âme
Garde le souvenir dans ses replis de flamme,
Celui qui de ma vie est le culte & la foi,
Celui dont le désir est ma suprême loi,
Celui pour qui je vis, je prie & je soupire,

Celui que j'aime, enfin, que j'aime avec délire !
Reste toujours visible & veille fur mes pas,
O douce vision, ne t'évanouis pas !
Longtemps, ah ! bien longtemps, abforbée, immobile,
J'écoute fi la voix de l'image fragile
Par des accents émus fera vibrer mon cœur.
Hélas ! je n'entends rien & la pâle lueur
Qui vient pour un inftant d'éclairer cette image,
Comme la lune, un foir, les bords du frais rivage,
S'éteint tout doucement, puis l'ami, qui fourit,
Difparaît lentement, & tout s'évanouit.....

. . . .

Autour de moi le jour diminue & s'efface ;
Le foir de l'horizon va rétrécir l'efpace ;
Le pâtre du bercail approche à pas preffés,
Jetant de temps en temps fur les pics embrafés
De l'occident en feu, un regard qui fcintille
Comme le lac d'azur fur lequel l'aftre brille.
C'eft l'heure du repos des longs travaux du jour,
L'heure du crépufcule & l'heure de l'amour ;
C'eft l'inftant où chacun répète la prière,
Au château fomptueux ainfi qu'à la chaumière ;

C'eft l'heure de l'oubli, c'eft la fin du labeur ;
C'eft le repos du foir, c'eft l'heure du bonheur !
Je me lève & defcends, penfive, dans la plaine :
Mon chien, qui m'a fervi de compagnon, m'entraîne.
Surveille devant moi la route que je fuis,
Bondiffant au deffus des genêts & des buis.
Ainfi tranquillement je regagne la plaine
Qui prefque difparaît & qu'on diftingue à peine :
Je lève par moments mes yeux vers le ciel bleu
Où, pour dire : Merci ! je femble chercher Dieu !

UN SOIR D'ORAGE

Il pleuvait à torrent & le temps était fombre ;
Les monts difparaiffaient dans d'épaiffes vapeurs,
De fon manteau la nuit allait épaiffir l'ombre.
Du travail l'ouvrier étanchait les fueurs.

A cette heure du jour paffait fous ma fenètre
L'enfant qui de l'école entrait chez lui gaîment,
Heureux de fecouer le joug pefant du maître,
Libre de toute entrave, il marchait en chantant.

Derrière lui venait la blonde jeune fille,
Retenant dans ses doigts sa jupe de nankin,
Précipitant le pas vers sa chère famille
Et défiant la nuit de son regard mutin.

Après ces deux enfants, s'avançait dans la rue
L'homme mûr qui venait d'achever ses travaux
Et qui, pressant le pas sous l'onde de la nue,
Allait parmi les siens goûter un doux repos.

Le vieillard s'avançait d'un pas plus lent, plus grave,
Son pauvre corps pliait sous le fardeau des ans ;
Il avait été jeune, il avait été brave,
Mais, hélas ! aujourd'hui ses cheveux étaient blancs.

La mère aussi passait, hâtant vers sa demeure
Ses pas vifs, évitant la fange du chemin ;
Elle semblait vouloir même devancer l'heure
Pour donner aux enfants un baiser & du pain.

La pluie redoublait. La nuit était venue ;
Toute trifte, j'étais fans lumière & fans feu.
Au loin, à l'horizon, l'éclair rayait la nue,
Et l'Angelus du foir fonnait dans le faint lieu.

Le vent du fud fifflait dans la nuit avec rage,
Faifant gémir les ais des portes de fapin ;
La lune fe perdait dans l'immenfe nuage,
Et dans l'ombre vaguait un regard incertain.

Mon efprit, captivé fans doute par un rêve,
A mes yeux tout rêveurs montrait, là, dans la nuit,
Radieux comme un jour, quand le foleil fe lève,
Ou quand fur la nature un pur éclair reluit,

Un fantôme chéri dominant la nuit fombre,
Une image bénie & bien chère à mon cœur,
Un doux vifage ami, fugitif comme une ombre,
Et dont le feul afpeƈt m'empliffait de bonheur.

Malgré les éléments luttant entre eux sans trêve ,
Mes yeux voyaient diftinct ce fantôme béni ;
Je voulus le faifir..... mais ce n'était qu'un rêve
Qui , tel qu'une vapeur, s'était évanoui.

QUAND JE CUEILLE LES FRAISES

Quand je cueille là-haut, fur la montagne verte,
Ce fruit délicieux qui rougit le gazon,
Il arrive fouvent que ma bouche entr'ouverte
Laiffe tomber ton nom.

A ce nom tout frémit : l'arbriffeau qui s'incline
Sous le poids criftallin de la rofée en pleurs,
L'oifeau qui de fon chant éveille la colline
Jufqu'en fes profondeurs ;

Le grillon qui fe cache au fein de l’herbe humide,
L’alouette qui plane au fommet du coteau,
La brebis qui de près veille d’un œil avide
      Sur fon dernier agneau.

Je m’arrête rêveufe à l’ombre d’un grand hêtre,
N’écoutant que mon cœur rempli d’un faint émoi;
A ton doux fouvenir mon cœur fe fent renaître;
      Ami, je penfe à toi!

Rien n’apparaît alors à mon âme penfive;
Je ne vois devant moi que ton front doux & pur,
Et fur un fond doré l’image fugitive
      De tes beaux yeux d’azur.

Repofant fur ma main, je laiffe errer ma vue
De l’un à l’autre point de l’immenfe ciel bleu,
Et je fais lentement, pour l’image entrevue,
      Une prière à Dieu.

Pour toi j'oublie tout : fleur, liberté, jeuneſſe,
Air pur, oiſeau chanteur, chêne ou hêtre géant ;
Ton nom ſurpaſſe tout, ta voix m'emplit d'ivreſſe ;
C'eſt que je t'aime tant !

CHANT TROISIÈME

AMI, pardonne-moi ſi ma lyre fidèle
Au début de ce chant ne vibre en ton honneur,
C'eſt qu'un devoir ſacré, mémoire ſolennelle,
Fait treſſaillir mon cœur.

A MON AIEUL

AH! fi les faints accords de la lyre fublime
S'élèvent jamais purs de mon cœur infpiré,
Si le luth éternel, dans un accent intime,
  Sous ma main a vibré,

C'eft pour toi qui vécus de mes joies enfantines,
Pour toi dont l'œil fi bon me montra le devoir,
Et qui, tenant de Dieu des tendreffes divines,
  Du ciel fis mon efpoir.

C'eft pour toi qui, du jour où je vis la lumière
Jufqu'à l'âge viril où mon cœur te perdit,
Appris à ma jeune âme ingénue, altière
   Tout ce que Dieu bénit.

Pour toi qui, me guidant fur le chemin fi fombre
Que tout être ici-bas parcourt le front penché,
Fis luire à mes regards une étoile dans l'ombre,
   Du bonheur tout cherché.

Bon aïeul, c'eft pour toi que, d'une main tremblante,
A cette heure & toujours, du luth mélodieux
Je tirerai des fons que ma voix palpitante
   Redira jufqu'aux cieux.

Ah ! fi je poffédais le talent de bien dire,
D'exprimer ma penfée en quelques mots bien doux,
Si le Seigneur voulait que ma main fût écrire
   Ce que tu fis pour tous ;

Ah ! fi je poſſédais le talent du poète,
Talent qui rend fi bien ce que le cœur reſſent ;
Si Dieu voulait enfin divinifer ma tête
    Pour chanter un inftant ;

Je redirais au ciel, aux hommes, à la terre,
Aux bois, à l'hirondelle, à la fleur, au ruiſſeau ,
A tout ce qui fourit, qui bénit & efpère ;
    _ Ce que tu fis de beau !

De beau, de bien, de grand, oui, car dans ta belle âme,
Le mal ne trouva pas une place où germer ;
La vertu le chaſſa de fes ailes de flamme ,
    Et tu ne fus qu'aimer.

Aimer, faire le bien, homme contraire aux hommes ,
Tu ne fis pas comme eux , œil pour œil, dent pour dent,
Tu ne fus faire à tous, fur la terre où nous fommes,
    Que du bien en paſſant.

Que j'aime à revenir à l'heure fraîche & pure
De l'enfance où j'appris à connaître l'honneur !
L'honneur, que me nommait ta voix dans un murmure
  Qui raviſſait mon cœur.

Honneur, devoir, vertu, c'était là ta deviſe ;
Je l'appris de ta bouche encore tout enfant ;
Trois noms que l'Éternel honore & diviniſe
  De ſon amour puiſſant.

Merci ! merci ! je ſens que ces trois mots ſublimes
Me font, gravés au cœur, bien plus riche qu'un roi ,
Et je me ſouviendrai, s'ils m'éloignent du crime ,
  Que je les tiens de toi.

Entends-le, toi dont l'âme au ciel vit & rayonne ,
Dont la cendre repoſe au fond du noir caveau ;
Entends de ton enfant le ferment qui réſonne
  Ici ſur ton tombeau.

Oui, je jure, à genoux, la main fur ma poitrine,
Les yeux levés au ciel & le cœur infpiré,
Je jure devant toi, plein de clarté divine,
    Que je t'obéirai.

Aïeul que j'aimais tant, que je cherche en filence,
Du féjour éternel où glorieux tu vis,
Obtiens du Créateur un regard de clémence
    En faveur de mon fils.

Si ton corps eft parti pour la nuit éternelle,
Ton âme vit là-haut aux pieds de l'Éternel;
La dépouille s'éteint, mais l'âme eft immortelle
    Et va régner au ciel.

Et pourtant, quand je viens où repofe ta cendre,
Il me femble te voir au fond du fombre lieu;
Mon oreille parfois dans la nuit croit t'entendre
    Me dire : « Enfant, adieu ! »

Je te cherche partout où je crois voir ton âme,
Cet idéal de Dieu qui vers lui s'envola ;
Partout je cherche en vain, & ma lèvre de flamme
        Murmure : « Il n'eft plus là ! »

L'EXILÉ

UIVANT d'un œil mouillé fur le lac fans rivage
Du vaiffeau qui partait le rapide fillage,
Abattu par la fièvre & le cœur palpitant,
Le front trifte, penfif & le corps languiffant,
Un homme était affis fur la grève déferte ;
A fes pieds, lentement mourait la vague verte ;
Accoudé fur le roc par la lame battu,
Il murmurait ces mots : « Pour quel pays pars-tu ?
» Navire trop heureux de quitter cette terre,
» Où je fouffre & languis dans l'ombre folitaire ;

9

» Où la fleur & le fruit n'ont ni parfum, ni goût,

» Où tout n'est pour mon cœur que tristesse & dégoût,

» Où le grand jour m'oppresse, où la nuit m'épouvante,

» Où, pâle, languissant & d'une marche errante,

» Je parcours lentement ces bois majestueux

» Qui sont toujours pour moi tristes, silencieux.

» Pour quel pays pars-tu, toi dont les blanches ailes

» S'ouvrent pour t'emporter vers des plages nouvelles,

» Et qui, fendant les flots d'un effort gracieux,

» Sembles, en t'éloignant, te perdre dans les cieux?

» Vas-tu revoir là-bas les rives de la France,

» Cette terre d'amour, berceau de mon enfance,

» Ces rivages chéris dont mes pas autrefois

» Foulèrent les contours qu'en rêve je revois?

» Ah! si tu la revois, cette France si chère,

» Dis-lui bien que je l'aime & qu'en elle j'espère;

» Dis-lui que son enfant, toujours pâle & souffrant,

» La cherche nuit & jour de son œil languissant.

» Dis-lui que sur les flots souvent, quand la nuit tombe,

» Sombre & désespéré, mon cœur cherche une tombe

» Afin de m'arracher à son doux souvenir

» Dont le regret amer, hélas! me fait mourir..

» Redis-lui mon amour, redis-lui mon fupplice ;
» Dis-lui que j'ai vidé jufqu'au fond le calice
» De l'exil, débordant d'amertume & de pleurs,
» Et que je ne puis plus fupporter mes douleurs.
» Redis-lui tout cela ; que ma patrie apprenne
» De mon âme l'amour qui déborde en la fienne,
» Et l'amère douleur qui fait couler mes yeux
» Quand à fon nom l'écho refte filencieux.
» Exil ! ah ! mot affreux ! ah ! cruelle agonie !
» Dire adieu pour toujours à la douce patrie
» Eft un fupplice horrible, & mieux vaudrait mourir
» Que de vivre longtemps pour fi longtemps fouffrir.
» Heureux ceux qui s'en vont vers ces rives chéries ;
» Heureux ceux qui, bercés de douces rêveries,
» Par le bonheur muets, émus & enivrés,
» Partent pour retrouver des êtres adorés.
» Adieu, navire heureux, toi qui vas vers la France,
» Toi qui n'es pas miné, brifé par la fouffrance,
» Qui m'arrache des pleurs & fait pâlir mon front
» Quand j'aperçois au loin tes voiles qui s'en vont.
» L'heure viendra peut-être où, quittant cette terre,
» Je voguerai joyeux vers la rive profpère

» Où vivent des parents, des frères, des amis.

» Quel supplice, mon Dieu ! pour ceux-là qui, bannis

» Du modeste hameau, berceau de leur enfance,

» Du foyer paternel témoin de leur naissance,

» S'en vont tristes, brisés aux pays inconnus

» Pleurer amèrement tous ces bonheurs perdus !

» Quand viendra-t-il ce jour où, brisant toute entrave,

» Dépouillant pour toujours la livrée d'esclave,

» Je redeviendrai libre & pourrai sans détour

» Chanter dans mon pays l'heureux chant du retour ?

» Heure cent fois bénie ! heure belle & sublime,

» Que celle où l'exilé, fuyant de cet abîme

» D'ineffables douleurs où sa pauvre âme en deuil

» Aspire à ce grand jour pour en franchir le seuil !

» Luira-t-elle pour moi au grand cadran du monde,

» Réglant tout ici-bas, sur la terre & sur l'onde ?

» Le son de délivrance à jamais attendu

» Tombera-t-il enfin du marteau suspendu ?

» Il tombera, mon Dieu ! je crois en ta clémence,

» L'heure sainte viendra, l'heure de délivrance :

» En ce jour fortuné, tombant à deux genoux,

» Mon cœur murmurera tout ce qu'il aura de doux.

» J'élèverai vers toi , pâli par la souffrance ,

» Mon front qui , dès ce jour, plein de reconnaiſſance,

» Ne ſe dreſſera plus que pour aimer, bénir,

» Pour toujours oublier & jamais pour haïr.

» Que ce ferment d'amour que je fais à cette heure ,

» Je le tienne, mon Dieu! ſans cela que je meure !

» Adieu, navire, adieu , frêle alcyon des mers !

» Emporte de mon cœur les ſoupirs bien amers ;

» Si jamais tu reviens un jour vers ce rivage

» Et que je ſois encore errant ſur cette plage ,

› Fais retentir de loin la voix de ton canon

» Pour m'annoncer plus tôt l'heure de mon pardon.

» Me proſternant alors ſur la rive étrangère ,

» Briſé par le bonheur d'aller revoir ma mère ,

» Je bénirai peut-être alors ce triſte lieu

» Qui m'aura fait connaître & bien mieux aimer Dieu. »

. . . .

Il dit, & le vaiſſeau diſparut dans l'eſpace ,

La mer devint déſerte & ſa verte ſurface

Se confondit bientôt au loin avec les cieux.....

Une larme brûlante alors tomba des yeux

Du malheureux proſcrit dont la poitrine ardente

Invoquait vainement cette patrie abfente.
Longtemps, oh! bien longtemps, fur le fable mouillé.
Plongé dans la douleur, tel refta l'exilé.....

. . . .

Le navire revint... Sur un tertre ruftique
Une modefte croix aujourd'hui feule indique
Le point où fi longtemps l'écho feul retentit
Des plaintes & des pleurs du malheureux profcrit.

UN ENFANT DE L'ALSACE

Après la guerre de 1870

PAR un beau jour d'été, près d'un village en ruine,
Dans le fentier pierreux qui longe la colline,
Un homme jeune encor cheminait triftement;
Dans fes grands yeux creufés, on voyait par moment
Un éclair fcintillant d'une lueur étrange;
Ses longs cheveux bouclés, pareils à ceux d'un ange,
Retombaient fur fon front que la douleur pliffait.
Mais fur ce front fi fombre un efpoir rayonnait.
Il marchait à pas lents, femblant chercher à terre
Une trace perdue au fein de la pouffière,

Un débris que le temps n'avait pas respecté ;
Qui sait ? Peut-être un nom sur la pierre jeté.
Il cherchait, il cherchait ; mais de son œil avide
Il ne découvrait rien que le néant, le vide.
Au détour du chemin, des cyprès & des ifs
Frappèrent le regard du voyageur pensif ;
Sur ce champ de repos il promena sa vue
Afin de retrouver une trace perdue ;
Puis parcourut, muet & le buste penché,
L'enclos qui de longtemps n'avait été fauché.
Peut-être cherchait-il le tombeau de sa mère
Ou bien l'étroite place où gisait sous la pierre
La douce fiancée arrachée à son cœur
Et dont le chaste amour était tout son bonheur.
Peut-être cherchait-il d'un ami l'ombre chère
Ou la modeste croix du tombeau de son père ;
Mais rien n'apparaissait à son œil éperdu,
Dans ce champ de la mort tout semblait confondu.
« J'ai voulu voir, j'ai vu ; devant moi tout est sombre,
» Tout est ruine, dit-il, hélas ! tout est décombre.
» Le village où jadis je vécus si heureux
» N'est plus qu'un grand débris solitaire & poudreux.

» Le temple au toit aigu, paisible sanctuaire,

» Se dérobe, enfoui sous un tas de poussière.

» La pauvre croix de fer, que le temps respecta,

» A partagé le fort du toit qui la porta,

» Et l'asile paisible où mûrit mon enfance,

» Ce toit témoin muet de ma jeune existence,

» Chaume béni de Dieu, chaume qui fut le mien

» De toi, modeste asile, il ne reste plus rien !

» La joyeuse prairie où le ruisseau murmure,

» Dont l'eau venait baigner le pied de ma masure,

» De sa source élevée aux rives de l'étang,

» A vu son vert manteau tout rougi par le sang.

» Tout est anéanti ; rien ne semble, à cette heure,

» Vivre où moi j'ai vécu. Lieux bénis que je pleure,

» Lieux jadis animés par des êtres amis,

» Vous n'êtes aujourd'hui que de mornes débris.

» Ils n'ont rien respecté, pas même un cimetière !

» Ils ont troublé les morts jusqu'au fond de leur bière !

» Ils ont bouleversé les pierres du saint lieu,

» Sans crainte d'attirer la colère de Dieu.

» Ils ont brisé les croix, crevassé la muraille,

» Et la porte de fer, sous les coups de mitraille,

» Eſt tombée, entrainant avec elle ſes gonds

» Broyés par les boulets des infâmes canons.

» Où s'élevaient jadis des monuments funèbres.

» Rien ne tranche aujourd'hui ſur les ſombres ténèbres.

» Tout eſt bouleverſé dans ce champ du repos.

» Au point que je ne ſais où repoſent les os

» Des parents, des amis, de tous ceux qui m'aimèrent

» Et que jadis ici mes pas accompagnèrent.

» Non, je ne connais plus le ſol où mes genoux

» S'imprimaient quand ma voix diſait leurs noms ſi doux.

» Quand, les larmes aux yeux, incliné ſur la pierre.

» J'eſſayais de redire un lambeau de prière,

» Et quand mon cœur briſé de triſtes ſouvenirs

» Mêlait de longs ſanglots à de plus longs ſoupirs....

» Roi barbare & cruel, roi de la horde horrible.

» Tremble; tremble, crois-moi, la vengeance eſt terrible

» De ce peuple un inſtant écraſé ſous ta loi,

» S'il se relève un jour pour ſe venger de toi !

» Tremble! cette nation que d'une mine altière

» Tu te plus à broyer dans la dernière guerre,

» Ne craint ni tes canons, ni ta lugubre voix.

» Sur ton ſiniſtre front, peſant de tout ſon poids.

» Tu fentiras fon pied que ton fang noir inonde

» Te prouver qu'elle feule eft la reine du monde ! »

La tête découverte & les fourcils froncés ,

L'écume fur la lèvre & les poings contractés ,

Le jeune homme reprit d'une voix prophétique :

« Un jour Dieu détruira ta fombre politique.

» Tu maintiens ton pouvoir par la force & la peur ,

» Et partout fur tes pas tu fèmes la terreur !

» Malheur à toi quand Dieu viendra fonner lui-même

» De la revanche un jour la fanfare fuprême !

» La France d'un feul bond fur toi s'élancera ;

» De fes héros fans peur elle t'écrafera !

» En vain tu déploiras ton armée innombrable

» Afin d'exécuter ton projet exécrable ,

» Rien ne peut réfifter à l'élan du foldat

» Qu'on appelle lion chaque fois qu'il fe bat.

» Ces foldats, ces Français, uniques dans le monde,

» Qui ne veulent jamais qu'un peuple les feconde ,

» Car ils fe favent forts, courageux & hardis

» Et n'ont foi qu'en Dieu feul ! Oui , roi , je te le dis.

» Ce grand peuple, fapant les bafes de ton trône ,

» Brifera d'un feul coup ton fceptre & ta couronne.

» Ta puiffance d'un jour, bourreau, s'effondrera ;

» Dans le fond de l'enfer, oui , ton corps roulera ,

» Oui , tel fera ton fort. La haine qui m'infpire

» Et qui dicte à mon cœur ce que je viens de dire,

» Me met l'efpoir dans l'âme, & , dévorant mon frein,

» Je me dirai tout bas : Patience, à demain !

» Je crierai : Merci ! quand les cris de la foule

» Apprendront aux humains que ton royaume croule.

» Roi maudit, je te hais ! Et quand l'heure viendra ,

» Contre toi, le premier, mon bras fe lèvera.

» Les morts même , les morts, du fond de leur abîme ,

» Viendront pour affouvir leur haine légitime.

» Tu ne refpectas point les pierres des tombeaux .

» Les morts apparaîtront comme autant de bourreaux.

» Vois-tu , c'eft à genoux dans l'herbe profanée

» Sous laquelle repofe une mère adorée

» Que j'en fais le ferment ! Mais que vois-je ? Seigneur !

» Puis-je en croire mes yeux ? Je ne fais pas erreur :

» C'eft le nom de ma mère en la modefte pierre

» Que je fis élever dans l'enclos folitaire ;

» Les deux jeunes cyprès que j'ai plantés le jour

» Où la mort la coucha dans ce trifte féjour.

» La couronne treffée en bouquets d'immortelle

» Que, brifé de douleur, je dépofai pour elle !

» C'eft fa croix, c'eft la même. Ah ! fon portrait auffi,

» Je le retrouve intact ! Ah ! roi, merci ! merci !

» Ton foldat refpecta le tombeau de ma mère,

» Lui qui détruifait tout, mettait tout en pouffière ;

» Ta mitraille épargna fon nom gravé par moi !

» Ah ! c'eft digne, c'eft bien, je te pardonne, roi !

» Je te pardonne & veux, Dieu le voudra lui-même,

» Qu'un jour rien ne te trouble en ton repos fuprême. »

. . . .

Vers la pierre incliné, l'Alfacien murmura :

« Si moi j'oublie, hélas ! quelqu'un fe vengera !

» Se vengera celui qui, cherchant une tombe,

» Ne verra fous fes pas que la feuille qui tombe :

» Celui qui, comme moi, venant ici demain,

» De tout ce qu'il aima ne trouvera plus rien. »

JE REVIENS A TOI

Oui, je reviens à toi comme vers le silence
Revient avec bonheur un cœur lassé du bruit ;
Je viens à tes genoux, rêve de mon enfance,
Image que mon âme évoque dans la nuit.
Je viens pour te revoir, pour aimer & sourire,
Pour retremper mon âme à ton regard d'azur :
Je viens faire pleurer les cordes de ma lyre
Et parler des élus le langage si pur.

Je reviens, car fans toi, fans ta douce préfence,
Mon luth ferait muet fous mon doigt affaibli;
Mon cœur ne battrait plus fans la fainte efpérance,
Et tout difparaîtrait fe noyant dans l'oubli.

LE PASSÉ

Romance.

Te souvient-il de l'enfance joyeuse,
De cette époque où nous courions tous deux.
L'œil rayonnant & l'âme radieuse,
Dans les grands bois, profonds, mystérieux?
Te souvient-il quand, près d'une fontaine,
Nous reposions sous l'ombrage du bois,
Les yeux voilés & nous parlant à peine?
Te souvient-il de ces jours d'autrefois?

Te souvient-il quand plus tard, de ton âme,
Tu me fis part de son noble secret,
Et me montrant à tes yeux une femme,
Tu m'avouas tout bas que l'on t'aimait?
Te souvient-il comme ta main tremblante
Serrait la mienne au point de la briser?
Te souvient-il comme ta lèvre ardente
Me dit : Merci! par un simple baiser?

Où donc est-il ce temps de la jeunesse?
O temps béni des nobles passions!
Rêves d'amour, seuls instants d'allégresse,
Où donc est-il ce temps où nous aimions?
Reviendra-t-il pour donner à notre âme
Qui sent encor ce bonheur d'autrefois,
Ce feu divin, cette admirable flamme,
Pour savourer le vrai bonheur deux fois?

Non, mon ami; le passé n'est qu'un songe.
Songe d'amour dont la réalité

Fait place au temps qui dans l'oubli nous plonge,
Affaibliſſant la ſainte intimité.
Si par moment notre cœur bat trop vite,
C'eſt qu'il regrette & l'amour & ſon feu ;
Regret ſtérile ! il s'envole, il nous quitte !
Diſons-lui donc un éternel adieu !

TRISTESSE

Poëme.

QUAND je m'affieds le foir près du ruiffeau limpide
Où, penfive, j'entends le bruit harmonieux
Du liquide argenté dans fa courfe rapide
Dont le gazouillement s'élève vers les cieux;
Quand ainfi, feule, trifte, à l'ombre du feuillage,
Je fixe mon regard au loin dans le ciel bleu;
Quand de l'oifeau caché j'entends le doux ramage,
Ce langage du cœur, ce chef-d'œuvre de Dieu!...
Sous la brife du foir, fous l'odorante haleine
Du fouffle tant aimé qui précède la nuit,

Quand je pince la lyre, hélas! j'entends à peine
Cette voix qui se plaint, qui souffre & qui languit.
Les sons ne disent plus au milieu du silence
Avec amour, vigueur, la parole du cœur;
On dirait que sa voix manque de confiance
Et que pour elle enfin a cessé le bonheur!

A MA LYRE

Dis-moi, lyre immortelle, ô ma consolatrice !
Pourquoi donc, quand mon cœur veut suivre son essor,
Pourquoi ne fais-tu pas le léger sacrifice
De me prêter l'accord ?

Sous mon front inspiré quand une idée vient naître,
Quand je saisis ta corde en ma main qui frémit,
Ne comprends-tu donc plus ce qui ravit mon être
Qui tremble & qui pâlit ?

Pourquoi, quand tout fourit, la nature & moi-même,
Pourquoi, quand le ciel pur resplendit de ses feux,
Pourquoi ne plus vibrer, ô toi, lyre que j'aime,
      Comme en des jours heureux ?

Ah ! pourquoi, je le dis et le redis encore,
Pourquoi rester muette ou te plaindre & gémir ?
Pourquoi ne plus m'aider, ô lyre que j'adore,
      Quand mon cœur veut s'ouvrir ?

LA LYRE.

Fidèle amie, hélas ! si sous ta main tremblante
      Je n'ose plus vibrer,
C'est qu'un pressentiment bien triste m'épouvante,
      M'interdit de chanter.

C'est que je vois en toi s'ouvrir une blessure
      Que je ne puis fermer ;
C'est que je vois, hélas ! une affreuse morsure
      Qui t'empêche d'aimer.

C'eft que je ne puis voir s'éclaircir ton vifage
  Et rayonner ton front,
Quand là-bas j'entrevois au bord d'un noir nuage
  Un efpoir qui fe fond.

C'eft que ton cœur nourrit dans une idée fainte
  Un efpoir infenfé,
Tandis que vit en moi cette invincible crainte
  Qui crie : « C'eft affez !

» Affez ! ne vibre plus, inftrument du poëte,
  » Pour un cœur qui fe fend ;
» Aime fans réfonner comme en un jour de fête,
  » Car la douleur t'attend. »

Voilà pourquoi, le foir, lorfque ta voix m'appelle,
Inerte & prefque morte en tes mains je languis ;
Voilà pourquoi les fons de ma corde immortelle
Ne font plus en accord, car je fouffre & pâlis.

Voilà pourquoi l'accord à ta voix fi fidèle ,
Cet accord qui t'évite & ne fuit plus tes pas ,
Ne peut plus revenir, & du bout de fon aile
Effeuille fur tes vers des rofes qu'il n'a pas !

A MA MUSE

ME diras-tu pourquoi, Muſe aux ailes de flamme,
Quand je veux raconter ce que reſſent mon âme,
Pourquoi, là, ſous mon front, toute penſée fuit,
S'éteint, à peine née & reſte dans la nuit?
Me diras-tu pourquoi, le ſoir, dans le ſilence,
Et pourquoi le matin, lorſque le jour s'avance,
Je ne ſens plus en moi l'élan myſtérieux
Qui jadis m'invitait à regarder les cieux?
Autour de moi pourquoi rien ne chante & tout pleure?
Pourquoi je n'entends plus, tout le jour, à toute heure,

Ta voix qui doucement m'invitait à chanter?
Muse divine, au ciel veux-tu donc remonter?
Veux-tu m'abandonner, pâle, pensive, morne,
Pareille au malheureux affaissé sur la borne
D'un carrefour obscur où pas une lueur
Ne glisse jusqu'à lui pour raffermir son cœur?
Non, tu ne le veux pas, & pourtant ce silence,
Ce visage voilé, ces traits pleins de souffrance,
Ces yeux d'où par instant les pleurs coulent à flots,
Ce beau sein torturé par des amers sanglots,
Ces ailes retombant sur tes beaux flancs, sans force,
Comme un arbre qui meurt, privé de son écorce;
Le désordre des plis de ta robe de lis,
Et ta céleste voix qui m'enflammait jadis;
Tout cela me redit ce que ton cœur encore
N'a voulu confier à celle qui t'adore.
Tu souffres, je le sens. Voyons, par le ciel bleu.
Par tout ce qui possède une voix en ce lieu,
Par la beauté du jour, par les pleurs de l'aurore,
Par la nature en fleurs que le soleil colore,
Par le chant de l'oiseau, par l'ombre des grands bois,
Par tout ce qui faisait nos rêves d'autrefois,

Par l'ami tant aimé pour lequel je foupire,
Et par l'amour, enfin, qui fait vibrer ma lyre,
Dis-moi pourquoi mon front ne peut plus retenir
Tous ces rêves d'amour qui viennent l'affaillir?
Pourquoi mon cœur fe tait . pourquoi mon âme altière
Ne voit plus luire au loin qu'une pâle lumière?
Pourquoi mon œil fe mouille & , fans favoir pourquoi,
Je tremble par moment d'un invincible effroi ?
Enfin pourquoi ton front fe voile de trifteffe,
Pourquoi dans tes beaux yeux il n'y a plus d'ivreffe ,
Et pourquoi dans ta voix que j'entends chaque foir
Cet accent qui reffemble au morne défefpoir?
Parle, Mufe fidèle , ô ma confolatrice !
Car le doute pour moi c'eft le pire fupplice.
Je veux connaître auffi l'objet de ton tourment,
Savoir également ce qui fait par moment
Baiffer mon front penfif, trembler ma main brûlante;
Je veux favoir enfin pourquoi, lorfque je chante,
Ma voix tremble & s'éteint, mon cœur fe refroidit,
Et l'idée à mon front toujours échappe & fuit.

LA MUSE

Aurai-je, mon enfant, la force de te dire
Le fecret de ce mal qui nous ronge tous deux,
Sous l'atteinte duquel ton âme fe déchire,
Qui torture mon cœur & qui rougit mes yeux ?

De cet aveu terrible aurai-je bien la force ?
Hélas! Dieu feul le fait, car lui feul peut donner
Au cœur la volonté comme à l'arbre l'écorce,
Et feul il fait punir, comme il fait pardonner.

Et fi je te difais ce qui fait la fouffrance
Dont mon cœur ulcéré ne peut porter le poids,
Qui fait fi de ton fein la jeune expérience
A ce terrible aveu voudrait ajouter foi ?

Hélas! enfant, crois-moi, car mon âme eft fincère,
Et fi je ne t'aimais je ne pleurerais pas ;
Ecoute cet aveu d'une bleffure amère,
Que mes lèvres en feu vont te faire tout bas.

Dis adieu pour toujours aux viſions ſublimes
Que ton cœur évoquait en ſilence le ſoir ;
Dis adieu pour jamais à tes penſées intimes,
Et vois dans l'avenir s'ouvrir un gouffre noir.

Étends un voile épais ſur tes jeunes années,
N'aie de ton bonheur qu'un pâle ſouvenir ;
Car tes illuſions à jamais condamnées,
Se briſant d'un ſeul coup, dans ton cœur vont mourir.

Ne porte plus ſi haut ton front fier & ſans rides ;
Voile tes yeux penſifs où rayonne l'amour ;
Ne laiſſe plus errer ſur tes lèvres humides
Ce nom qui de ton cœur s'exhalait chaque jour.

A tes rêves d'un jour, au ſouvenir ſi tendre,
A l'image adorée & que ton âme aimait,
Dis un dernier adieu, que je puiſſe l'entendre,
Sans pouvoir y trouver un accent de regret.

A tes illusions, au secret de ton âme ;
Renonce pour toujours, sans pleurs & sans émoi ;
Arrache de ton cœur cette image de flamme,
Qui, pauvre enfant, crois-le, ne sourit plus pour toi.

Je te l'avais bien dit que le coup serait rude.
Tu pâlis sous le poids de ce pénible aveu ;
Souffre, pardonne-moi, le mal n'est qu'habitude,
Et pour te consoler, mets ton espoir en Dieu !

Poëte, avais-je tort d'hésiter à te dire
Pourquoi, quand tu chantais, tu chantais sans échos ;
Pourquoi, quand l'âme souffre ou le cœur se déchire,
On ne peut enfanter que des amers sanglots ?

A MA LYRE & A MA MUSE

Ah ! vous aviez raifon, Lyre & Mufe immortelles,
De pleurer en filence & de gémir fans bruit !
Ah ! vous aviez raifon, mes compagnes fidèles,
De plaindre un pauvre cœur d'où le bonheur s'enfuit.
Enfin, oui, je la fens, cette horrible bleffure,
Elle m'a terraffée. Oh ! comme j'ai fouffert !
Elle a faigné longtemps, cette large morfure,
Et faignera toujours de mon cœur entr'ouvert !
Rien ne la fermera, le temps ni la mort même.
L'indélébile coup qui m'a fait tant fouffrir,

Douloureux à jamais (car j'aime trop quand j'aime) ,
De fa douleur fans nom ne pourra s'affranchir.
Ah ! vous qui m'aimez tant , Lyre & Mufe divines ,
Vous dont l'accord , la voix accompagnaient mon chant,
Laiffez, oh ! oui, laiffez la couronne d'épines
S'enfoncer fans pitié dans mon cœur tout fanglant.
Laiffez cette douleur qui torture mon être
S'étendre lentement , m'étreindre & m'affaiblir.
Oui , laiffez-moi pleurer, car vous pourriez peut-être
Faire oublier le mal dont je ne puis guérir ;
Laiffez-moi, laiffez-moi, chères confolatrices ,
Laiffez l'infortunée au malheur qui la fuit ;
Laiffez l'horrible fort frapper de fes caprices
Ce cœur trop confiant en qui l'amour finit.
Mon Dieu ! que je l'aimais , ce rêve de ma vie,
Cet ami que je perds, que je perds pour toujours !
Cette idole adorée ! hélas ! qui m'eft ravie,
Était l'unique efpoir de mes chaftes amours !
Vains regrets ! c'eft ainfi ! Bonheur, efpoir, ivreffe ,
Tout s'éteint en un jour, tout fuit, tout difparaît,
Jufqu'aux illufions de ma belle jeuneffe,
Jufqu'au rêve infenfé pour qui mon cœur vivait.

Avant de vous quitter, Lyre & Muſe fidèles,
Laiſſez-moi confier un récit à vous deux ,
Récit amer, brûlant, des atteintes mortelles
Qui feront ruiſſeler les larmes de mes yeux.
Écoutez toutes deux, écoutez en ſilence
Ce qu'un cœur torturé , qui déjà n'a plus foi ,
Va vous dire tout bas d'une amère ſouffrance ;
Écoutez, écoutez, pleurez & plaignez moi !

LE FOND DU CALICE

Je l'aimais, & mon cœur, s'abusant à l'extrême,
Se répétait tout bas : Je l'aime, donc il m'aime.
Ivre de cette idée, espérant, en retour
De ma sainte affection, son éternel amour,
Je laissais s'écouler mes jours dans cette ivresse
Que filtre dans un cœur une aveugle tendresse.
J'espérais ; j'attendais dans ce ravissement
Un aveu de sa bouche, un délicieux ferment.
. . . .

Mais hélas ! ô douleur à nulle autre pareille !
Une rumeur fubite a frappé mon oreille :
On dit (& j'en frémis) que celui que j'aimais
Eft perdu pour mon cœur, oui, perdu pour jamais.
Plus de doute poffible, oui, fa main eft promife ;
Il doit, fous peu de jours, préfenter à l'églife
Celle à qui pour toujours il donnera fa foi,
Et cette femme aimée, hélas ! ce n'eft pas moi !

. . . .

Ce jour tant redouté vient enfin de paraître ;
Tout eft fête, gaîté ; moi feule à ma fenêtre,
Je vois tous les apprêts de l'exécrable hymen
Qui me brife le cœur, qui me ravit fa main.
« Ah ! je veux favourer jufqu'au bout mon fupplice !
» Je veux, du moins, vider jufqu'au fond le calice.
» Je veux être témoin de fes vœux folennels ;
» Je veux entendre enfin ces « oui » facramentels,
» Et duffé-je en mourir, je veux dedans mon âme
» Agiter du poignard la déchirante lame !
» Ah ! je veux le revoir ! » Je dis, & m'efquivant,
Je cours vers le faint lieu , j'y pénètre en tremblant,
Et, blottie à l'écart comme une criminelle,

J'attends de cet hymen l'heure cent fois cruelle.

. . . .

Mais le clocher foudain lance un joyeux accord,
Accord joyeux pour tous , mais pour moi glas de mort.
Bientôt fur fes vieux gonds la grande porte roule ;
Le grand jour envahit la nef avec la foule ,
Il inonde l'églife, éblouit mon regard.
Par un fuprême effort, de mon coin à l'écart ,
Je tiens les yeux levés , & fixant le cortège,
Je vois , marchant en tête & blanche comme neige,
Mon heureufe rivale & lui fuivant après,
Le front haut, radieux, fier comme d'un fuccès !
Mon cadavre à coup fûr eût roulé fur les dalles
Si la douleur tuait. Mais non, mes lèvres pâles
Trahiffaient feulement tout ce que j'éprouvai,
Et , prife de vertige, au fol je m'affaiffai.

. . . .

Cependant l'orgue entonne une hymne d'allégreffe
Qui, femblant me braver & narguer ma faibleffe,
Ranime mon courage au lieu de m'écrafer
(Tel au cœur d'un héros eft l'afpect du danger)
Et prefque à mon infu , debout & raffermie ,

Je fuis fiévreufement de la cérémonie
Tous les détails : devant l'autel agenouillés ,
Les époux paraiffaient avoir tout oublié,
Tout , hormis leur bonheur ; les orgues au filence
Cèdent bientôt la place , & le prêtre s'avance ,
Vieillard aux cheveux blancs ; s'adreffant aux époux
Un inftant rapprochés , côte à côte à genoux ,
En quelques mots émus qui m'arrachent des larmes ,
Il trace de l'hymen les devoirs & les charmes.
Puis d'une voix plus ferme il demande à chacun
S'il accepte à jamais pour époux l'autre l'un.
Un double « oui » réfonne. O deftin ! ô fupplice !
C'en eft fait pour jamais! Horrible facrifice!
Pour me faire expier quel crime, quel méfait ,
Le ciel a-t-il permis cet odieux forfait ?
Le fol n'a pas frémi ; un tremblement de terre ,
Que fais-je ? un ouragan , la foudre, le tonnerre ,
N'ont pas anéanti dans cet inftant fatal
Ce temple détefté , ce repaire infernal.....
Hélas! non ! Tout eft calme, heureux, joyeux, fublime ;
Moi feule , terraffée , en ce moment j'abîme
En mon cœur courroucé le plus fombre deffein.

Je voudrais tout broyer. Hélas! je ne puis rien!

. . . .

Le calme qui m'entoure a verfé fur mon âme
Un baume confolant; la haine qui m'enflamme
S'apaife, fe détend, mon fang eft moins brûlant,
Moins vite bat mon cœur, mon œil eft moins ardent,
Et lorfque les époux, fous des flots d'harmonie,
L'un fur l'autre appuyés en extafe infinie,
Suivis des invités, fe retirent enfin,
Je ne fens plus au cœur de fiel ni de venin.
Et, tombant à genoux, j'adreffe une prière
Au Maître fouverain pour qu'il rende profpère
Et béniffe à jamais cette nouvelle union,
Et m'accorde en retour oubli, calme, pardon.

SON IMAGE

TOUJOURS devant mes yeux une ombre lumineufe
Éclaire fur mes pas l'étroit fentier du bien ;
Mais fi je veux faifir l'image nuageufe,
Mes pauvres doigts tremblants ne rencontrent plus rien.

Chaque fois cette image à la forme fuave
Dont mon œil ébloui connaît le pur contour,
Elle a fon beau regard à la fois doux & grave,
Ses beaux cheveux bouclés, fon fourire d'amour.

Elle a son front divin où brille le génie,
Cette pose empruntée aux martyrs de l'autel,
Elle a ce tout enfin débordant d'harmonie,
Ce tout délicieux qui fait rêver au ciel.

Je le vois sur mes pas, d'un geste & d'un sourire
M'indiquer constamment le chemin du devoir,
A sa vue mon cœur bat, obéit, admire,
Et dans ses yeux d'azur brille un rayon d'espoir.

Mais si, perdant la foi, lasse de sacrifice,
Je songe à m'écarter du sentier des vertus,
Oubliant mes devoirs par les attraits du vice,
Ah ! j'ai beau le chercher, je ne le revois plus.

Et pour le voir encor, pour que sa noble image
Se montre souriante à mon œil éperdu,
Pour le trouver toujours veillant sur mon passage,
Je ferais, ô mon Dieu ! ce qui m'est défendu !

Veille, veille fur moi, toi dont la force d'âme
Sait triompher du mal qui viendrait m'affaillir ;
Toi dont le feul afpect m'éblouit & m'enflamme,
Bien aimé que Dieu feul eft digné de bénir !

Soutiens de ton pouvoir ma vertu chancelante,
Par ta voix rends-moi douce, & jufte par tes yeux ;
Fais que l'amour du bien dans mon âme s'implante,
Et que par tes confeils je faffe des heureux.

SONNET A LUI

AH! ne m'en voulez pas si je le chante encore,
Mais je l'ai tant aimé en voulant le haïr
Que mon cœur malgré moi le chérissant encore
Laisse épancher l'amour qu'il ne peut contenir.

Si vous aviez un jour subi cette étincelle,
Ah! vous l'auriez aimé, vous n'auriez pu le fuir;
Oui, vous auriez juré de lui rester fidèle,
Dans votre cœur saignant vivrait son souvenir.

Pourquoi fon doux vifage où brillait l'efpérance,
Que j'adore en fecret, auquel toujours je penfe,
Ne peut-il m'infpirer ni colère ni fiel ?

C'eft que Dieu en créant l'homme à fa reffemblance
Lui fit don de l'amour, il donna la conftance
A la femme, afin que l'amour fût éternel.

CHANT QUATRIÈME

AH ! non, n'en veuillez pas à ma Mufe, à ma Lyre,
  N'en veuillez pas à moi,
Si mes chants font moins beaux, c'eft que mon,
  Ayant perdu fa foi.   [cœur foupire

A MES AMIS

QUAND mon cœur, trop rempli par la littérature,
Amis, n'avait pour vous qu'un fimple battement,
Ne vous connaiffant plus quand je vois la nature
Dans la noble beauté d'un divin fentiment,
Vous, cœurs nobles & bons, vous, âmes magnanimes,
Vous qui m'aimiez toujours quand je vous oubliais,
Recevez aujourd'hui mes vœux les plus intimes
Et les remercîments que tout bas je vous fais.

Si ma Lyre affaiblie & ma Mufe fouffrante
N'ont plus ces doux accents des plus beaux de mes jours,
Si leur fublime voix vous femble fuppliante,
C'eft qu'un deftin les a frappées pour toujours.

Mais les derniers accords de ces deux voix plaintives,
Leur dernier cri du cœur, leurs accents les plus doux,
Tout ce qui reste enfin à ces deux sensitives
Après le coup mortel, amis, sera pour vous.

Mais je les aiderai dans leur tâche nouvelle,
Car elle sera rude après ce coup affreux.
La blessure profonde est atroce & cruelle,
Et le moindre contact est toujours douloureux.
N'importe! Pour vous tous, mes vieux amis que j'aime,
Encor je chanterai; mon luth ne peut mourir.
Je sens que dans ma voix & dans mon cœur lui-même
Il existe un accent pour chanter l'avenir!

LE PLATEAU DES POÈTES

(SOUVENIR DE BÉZIERS)

A Monsieur Michel D***

QUAND m'éloignant pensive & du bruit & du monde,
Je vins discrètement fouler ton sable fin,
Lorsque, derrière moi, de la cité qui gronde
Je n'entendis plus rien & que je fus enfin
Rendue à mes pensers, comme un heureux poète
Qui retrouve sa Muse après un jour d'horreur,
Mon âme tressaillit & ma lyre muette
Essaya de chanter un hymne en ton honneur.

Ce fut au bruit d'une cafcade
Grondant fur des rochers mouffus,
Sur un banc de ta promenade,
Sous tes fapins noirs & touffus,
Ce fut au bord d'un lac limpide,
D'un de tes lacs aux flots d'azur
Que l'Aquilon trop fouvent ride,
Voilant aux yeux leur fond fi pur ;
Ce fut au bruit plaintif d'un faule
Qui balançait fes longs rameaux,
Semblant pardeffus mon épaule
Vouloir fe mirer dans tes eaux ;
Ce fut au bruit de ton feuillage
Se détachant des hauts cimeaux,
D'un rouge-gorge au doux ramage
Qui fautillait dans les rofeaux ;
Ce fut enfin dans ton filence,
Dans ton fein vraiment enchanté,
Qu'oubliant ma chère fouffrance,
Pour un inftant, je t'ai chanté,
Plateau charmant que du doigt l'on défigne
Avec regret, lorfqu'on te voit de loin,

Baſſins coquets ſillonnés par le cygne,
Qu'on entretient & protège avec ſoin ;
Enſemble heureux qui doit plaire & ſourire
A tous les cœurs atteints par Cupidon ,
Plaire ſurtout à celle qui ſoupire
Et dont la voix exhale un bien doux nom ;
Reçois de moi l'aſſurance ſincère
Que dans mon cœur ton ſouvenir vivra ,
Car un inſtant tu bannis l'ombre amère
Dont mon bonheur toujours ſe voilera.

Reçois, ô beau plateau que tout grand cœur admire ,
L'hommage de mon cœur, de ma voix, de mes yeux ;
Crois à mon amitié, car je puis te le dire,
J'ai cru, te retrouvant, revoir un ſonge heureux.

Et pourtant, quand je vins reſpirer ton ſilence,
M'aſſeoir, le cœur ému, ſur ton point le plus beau,
L'hiver allait, hélas ! de ſa main froide & blanche,
Détacher ta parure & creuſer ſon tombeau !

De tes acacias la feuille fi légère
Voltigeait fur le fol, laiffant voir les bras nus
Des arbres fur lefquels elle vivait naguère,
Qui de leur nudité paraiffaient tout confus.

Le faule gémiffait auffi fous la rafale
Et le dur Aquilon le berçait fans pitié ;
Sur le fol congelé tournoyait, froide & pâle,
Sa parure d'un jour dépouillée à moitié.

Sur les lacs fe ridant des atteintes amères
Que le vent de l'hiver imprimait au-deffus,
Les feuilles par monceaux, dociles & légères,
Semblaient voguer au loin vers des bords inconnus.

Seuls, tes grands fapins noirs, couverts de leur feuillage,
Se penchaient gémiffants fous l'acre vent du nord ;
Leurs voix femblaient redire en leur plaintif langage
L'hymne des trépaffés, lugubre chant de mort !

J'admirais cependant ta beauté prefque éteinte
  Et regrettais le temps
Où tes maffifs profonds cachaient dans leur enceinte
  Les fecrets du printemps.

Plateau, je regrettais l'ombre de tes charmilles
  Et de tes doux bofquets,
Je regrettais l'effaim des blondes jeunes filles
  Effeuillant tes bouquets.

Je regrettais ces foirs débordant de molleffe,
  De fuave langueur,
Où l'aftre pur des nuits femblait d'une careffe
  Sourire à ton bonheur.

Enfin, je regrettais ces foirées d'ivreffe
  Qu'à peine on fent paffer,
Emportant dans leur fein de fi douces promeffes
  Ou le bruit d'un baifer.

Pour la première fois mes pas foulaient le fable
Des fentiers où l'été l'ombre régnait toujours ;
Dans tes bofquets flétris mon œil infatiable
Cherchait en vain les fleurs des plus beaux de tes jours.

Pour la première fois, cher plateau des poëtes,
Je venais dans ton fein te voir & t'admirer ;
Ma lyre treffaillit & fes cordes muettes
Se mirent à vibrer, je me pris à t'aimer.

A l'heureux temps des fleurs je reviendrai te voir,
Car j'oublie en ton fein ma douleur elle-même.
Aujourd'hui je te quitte & te dis : Au revoir !
Plus tard je reviendrai pour te dire : Je t'aime !

A MON AMI D'ENFANCE

Alexis F***, de Wilna.

C'EST ta fête aujourd'hui, nous te la fouhaitons.
Pardonne mon retard & entre nous caufons.
Si je fais en ce jour la réponfe tardive
Que tu me demandais dans ta chère miffive,
C'eft que jamais chez moi, toujours en mouvement,
De t'écrire, crois-moi, je n'ai pas eu le temps.
Tantôt trifte, rêveufe, en le coin le plus fombre
D'un de ces lourds wagons que traîne la vapeur,
Tantôt d'un cheval blanc guidant les pas fans nombre,
Pendant que fur fon corps ruiffelait la fueur,

Je voyageais ainſi de la ville au village,
Amuſant un chacun par mon long babillage.
Je voudrais poſſéder le don d'ubiquité,
Être à la fois partout. Quelle ſimplicité !
Ainſi paſſant mes jours, toujours ſur le qui-vive,
Penſant à repartir lorſqu'à peine j'arrive,
Alexis, juge par tout ce que je te dis
Si je dois encourir l'ire de mes amis.
Quelques-uns bien ſouvent taxent de négligence
Ce ſilence forcé, d'autres d'indifférence,
Et je dois ſupporter reproches coup ſur coup
Que mes meilleurs amis m'envoient de partout.
C'eſt vraiment déſolant ; mais ce qui me conſole,
C'eſt l'excès de travail qui me fait oublier
Que l'on m'accuſe à tort de manquer de parole,
Car je n'ai pas le temps de me juſtifier.
Ne m'accuſe donc pas ſi parfois ma réponſe
Arrive un mois plus tard que tu ne l'attendais ;
Souvent dans le travail juſqu'au cou je m'enfonce.
Mon excuſe ſera : Hélas ! je travaillais !

. . . .

J'ai bien aſſez rêvé dans une heureuſe ivreſſe

Pendant plus de vingt ans qu'a duré ma jeuneſſe,

Pour que je vienne enfin te dire : C'eſt aſſez ,

L'inſtant où nous rêvions pour toujours eſt paſſé.

C'eſt l'heure de prouver que d'une tête creuſe

Une idée parfois peut ſurgir lumineuſe;

Que d'un œil endormi peut jaillir un éclair,

Comme un rayon d'en haut gliſſant dans un déſert.

C'eſt l'heure de prouver que l'on ſe ſent capable

De pâlir au travail comme de boire à table ,

De marcher le front haut dans le ſentier battu ,

Sans faire de faux pas comme un âne têtu.

C'eſt l'heure enfin de dire : A nous deux la vaillance !

Hélas! éloigne-toi , heureuſe inſouciance.

C'eſt l'heure des regrets, des réſolutions ,

L'heure de l'énergie & des ambitions;

C'eſt l'heure de prouver que, pour une âme fière,

Il n'y a pas d'obſtacle, aucun travail n'eſt dur ;

C'eſt l'heure où, ſe montrant, l'on peut dire à coup ſûr :

Travail, c'eſt liberté! Mais je ne l'aime guère.

A MONSIEUR LOUIS DE C***

Pour le remercier d'avoir mis mes poéfies en mufique.

IL paraît, je le vois, que le fon de ma lyre
Avait pu de fi loin parvenir jufqu'à vous,
Et que, lifant mes vers, vous aviez, fans fourire,
Promis de les noter en des accords bien doux.
Il a fallu qu'en vous une grande indulgence
Dominât ce jour-là tout autre fentiment;
Car une attention, hélas ! d'un feul inftant
Aurait éteint le feu de votre complaifance.

Il fallait, je le crois, que vous euffiez promis
De regarder mes vers comme des vers amis.

Mon Dieu ! je le fais bien qu'il eft parfois une heure
Où, fuyant les plaifirs, le bruit & la gaîté,
Je cherche quelque coin, quelque fite enchanté,
Et rumine des vers quand la rofée pleure.
Je m'égare parfois & vais m'affeoir penfive
Auprès d'un clair ruiffeau ; là, ma lyre rétive
S'exerce, en préludant par des modulations,
A rendre de mon cœur les douces émotions.
Mais, hélas ! ces accents ne rendent qu'avec peine
Toutes les fenfations dont ma poitrine eft pleine.
Je griffonne parfois fur un papier jauni
Quelques mots mal rimés qu'une grande faibleffe
M'engage à nommer « vers, » mais que plus de fageffe
Me ferait déchirer quand ma main a fini.
Mais, hélas! je le dis, quand je vais en filence
M'affeoir, le cœur ému, loin du monde & du bruit,
Je me fens vivre alors d'une noble exiftence,
Et ma lyre fe plaint fous ma main qui frémit.

C'eft dans ces moments-là , quand mon regard admire,
Quand mon corps mollement s'étend fur le gazon ,
Que je rêve en pinçant les cordes de ma lyre
Et que je crée alors quelque pâle chanfon.
Il fe trouve pourtant des cœurs affez aimables
Qui regardent mes vers & ne fourient pas ;
Bien plus, les trouvant beaux , ils fe difent tout bas :
« Je chanterai ces vers, car ils font admirables. »
Admirables , mon Dieu ! non , à peine ébauchés ;
Mais ces cœurs généreux , délicats à l'extrême,
Ferment les yeux parfois comme on fait pour foi-même
Quand on ne veut pas voir quelques défauts cachés.
Et l'un de ces grands cœurs , cher Louis, c'eft le vôtre,
Car, pour mes pauvres vers , je doute que quelque autre
Voulût perdre fon temps afin de les noter ,
Et pouffât la bonté jufques à les chanter.
Merci ! Ce mot eft froid pour ma reconnaiffance,
Je ne le dirai pas, mais je viendrai vous voir,
Et je ferai pour vous, à l'approche du foir,
Quelques vers qui feront la pâle récompenfe
Des inftants confacrés à fatiguer vos yeux
Pour noter par plaifir quelques mots ennuyeux.

Au revoir, cher Louis ; je languis de connaître
Si mon luth quelquefois peut être harmonieux.
Vous , je n'en doute pas , vous chanterez en maître.
Et moi j'écouterai vos airs mélodieux.

L'ESPÉRANCE

Il est un nom bien doux parmi tous ceux qu'on nomme,
L'un des mots les plus beaux que Dieu créa pour l'homme
Qui soutiennent le cœur, le rendent confiant,
Qui raffermissent l'âme alors qu'on est mourant,
Chassent le noir souci qui souvent nous assaille
En nous faisant au cœur une profonde entaille,
Tuent le désespoir qui brise & fait mourir,
Et qui disent à l'âme : Espoir en l'avenir !
Et ce mot si puissant, ce mot qui nous fait vivre,
Dont le nom seulement nous charme & nous enivre,

Ce mot qui foutient tout, que tout aime & bénit,
Qui rend la vie au cœur, l'élève & l'ennoblit,
C'eft celui dont le nom feul rend la confiance,
Et ce mot fi puiffant, c'eft le mot : Efpérance !

Un cœur eft-il atteint d'une douleur amère,
A-t-il enfin perdu le bonheur ici-bas,
N'attend-il rien du ciel qu'il invoquait naguère,
Et, fi la mort venait, lui tendrait-il les bras ?

Il ne faut qu'un feul mot frappant à fon oreille
Pour relever fa tête & changer fon regard,
Pour réveiller enfin fon âme qui fommeille
Et fon efprit troublé par un épais brouillard.

Ce mot affez puiffant, c'eft toujours l'efpérance !
Il met la joie au cœur & l'éclair dans les yeux,
Donne un nouvel élan, foutient notre exiftence,
Et nous fait entrevoir un avenir heureux.

Si l'amour trop souvent enfante une victime,
Si ce beau sentiment est parfois si cruel,
L'espérance au doux nom, comme une amie intime,
Nous sourit & du doigt nous désigne le ciel.

Si quelque infortuné que la douleur égare,
Que le malheur poursuit & qu'il ne quitte pas,
Blasphème le destin & le traite d'avare,
L'espérance console en lui tendant ses bras.

Si, captif ou perdu sur une île inconnue,
Assis, le front rêveur, auprès d'un rocher noir,
Un homme du regard parcourt la vague nue,
Pensant à son pays, pleurant de désespoir,

La brise qui murmure à travers le rivage
Vient poser sur son front comme un tendre baiser.
Ce baiser, c'est l'espoir qui change son visage,
Qui relève sa tête & lui dit d'espérer.

Si quelque prifonnier s'appuie fur fa grille ,
Le vifage blêmi par la nuit du tombeau,
Pour chercher dans le ciel l'étoile qui fcintille
Et jouir un inftant d'un fpectacle fi beau ,

Un murmure lointain d'une harpe éolienne
Vient frapper fon oreille , il relève fon front,
Il écoute , il attend que fa liberté vienne ;
L'efpérance foutient fes forces qui s'en vont.

Si le jeune foldat qui quitte fa famille
Peut-être pour mourir fous les plis du drapeau,
S'en va, le cœur léger, le front pur & tranquille ,
C'eft que l'efpoir en lui vivra jufqu'au tombeau.

C'eft l'efpoir qui foutient d'une force nouvelle
La mère qui n'a plus , veillant à fon chevet,
Son fils, que lui ravit une abfence cruelle,
Qui reviendra pourtant, mais quand? quel jour? qui fait?

C'eſt l'eſpoir qui fait vivre un cœur que la ſouffrance
A preſque anéanti d'un coup lourd & fatal ;
C'eſt l'eſpoir qui guérit d'un amour l'inconſtance,
Et d'un coup ſi terrible en amoindrit le mal.

L'eſpérance eſt enfin ce qui ſoutient les hommes,
Même les malheureux mourant ſur l'échafaud,
Et qui s'en vont quittant cette terre où nous ſommes
Soutenus par l'eſpoir ſous la main du bourreau.

Auſſi béniſſons l'eſpérance,
Et ſurtout n'oublions jamais
Qu'elle ſoulage la ſouffrance,
Nous ſoutient & nous rend la paix.

Aimons-la, car elle nous aime,
Et par l'eſpoir nous rend meilleurs ;
Aimons-la comme Dieu lui-même,
Et conſervons-la dans nos cœurs.

Car fi Dieu ne l'avait fait naître,
Ou s'il nous en déshéritait,
Vivre, ce ne ferait plus être,
Puifque rien ne nous foutiendrait.

Oui, le Difpenfateur fuprème
Fit de l'efpoir le plus doux mot,
Et pour nous prouver qu'il nous aime
Ne fut rien créer de plus beau !

LA VIOLETTE

Romance.

A ma coufine Madame M. T***

ELLE n'eſt plus, cette fleur chaſte & pure
Que l'on voyait dans l'ombre des buiſſons,
Elle a courbé ſans plainte & ſans murmure
Sa tige aimée au ſouffle des ſaiſons ;
Elle a terni ſa corolle embaumée,
Que balançait le jovial zéphyr,
Et lentement elle s'eſt envolée
En un dernier parfum, en un dernier ſoupir.

Son doux parfum s'eſt éteint avec elle ;
Pour vivre encore, hélas ! un ſeul beau jour,
Elle demande à la voûte éternelle
Un rayon pur, un ſeul rayon d'amour.

Mais vainement elle pleure, elle implore ;
Il faut flétrir & mourir en ce lieu !
Et triftement elle fe décolore
Et meurt dans l'ombre en fouriant à Dieu.

Elle a vécu, mais plus d'un la regrette :
Le jeune enfant qui la cherchait rieur,
Le fiancé qui l'offrait en cachette
A l'ange aimé qui poffède fon cœur.
Lorfque en fon fein la belle fiancée
Ne verra plus le chafte & doux bouquet,
Elle croira, hélas ! être oubliée,
Et dans fes yeux perlera le regret.

PORTRAIT

DANS ce temps-là vivait en la ville un bohème
Qui de chaque paſſant attirait le regard ;
Un matin, l'ayant vu, j'entrepris ce poëme,
Que je me hâte ici d'écrire ſans retard.

Il était horloger, gentil métier d'artiſte,
Qu'il n'accompliſſait pas toujours avec rigueur ;
On le voyait ſouvent, mélancolique & triſte,
Devant un verre clair veuf de toute liqueur.

Il aimait le bon vin, la brûlante eau-de-vie,
Il chantait jour & nuit : « Honneur au dieu Bacchus ! »
D'un travail permanent il n'avait nulle envie,
Et de boire parfois son corps n'en pouvait plus.

De la mode il offrait la marche surprenante,
Tant pour son pantalon, son habit, son chapeau,
Que pour l'arrangement, la manière savante
De sa chemise, hélas ! seul atour qu'il eût beau.

Les bottes qu'il portait, toujours blanches, poudreuses,
Perdaient de jour en jour leur ancienne fraîcheur,
Et l'œil de tout passant sur ces tiges fongueuses
Pouvaient voir de grands trous bâillant avec humeur.

Son pantalon collant & puis sa veste noire
Souriaient de misère & de triste abandon.
Que faisaient à celui qui ne pensait qu'à boire
Ces habits qui semblaient implorer un pardon ?

Le chapeau qu'il portait , d'une forme inconnue ,
Prenait journellement trente pofitions ,
Ou ferme ou ramolli , fous l'onde de la nue ,
Avait droit de prétendre aux expofitions.

Dans fa poche battait une montre fans chaîne ,
Dont un cordon graiffeux était tout l'ornement ;
Ce cordon variait du coton à la laine ,
Et c'était là le feul , l'unique changement.

Mais fi ce n'était pas un des gommeux du fiècle ,
En lui battait un cœur loyal & généreux ;
Noceur , il n'avait pas une figure efpiègle ,
Au contraire , il était craintif & férieux.

Mais pour boire , Seigneur ! il eût vendu fa vefte ,
Et fait bien du chemin pour un verre de vin ;
Il était vraiment beau lorfque d'une main lefte
Il portait à fa bouche un peu du jus divin.

Boire, c'était son mot ; le glouglou sa musique ;
Le travail trop souvent tranquille reposait,
Et sans faire aucun cas de l'estime publique,
Oubliant ses outils, notre homme s'enivrait.

Chez lui, dans son taudis, non, rien n'était solide,
Ni chaise, ni bahut, ni lit, tout s'écroulait ;
Il régnait dans ce lieu cette image du vide,
Dont notre insouciant peu se préoccupait.

Son visage pourtant narguait toute misère,
Était gras & joufflu, son œil toujours joyeux,
Son front toujours exempt d'une pensée amère,
Il se sentait content & voulait être heureux.

Deux beaux noms cependant donnés à sa naissance
Auraient dû de sa vie au moins changer le cours,
Faire de notre ivrogne un homme de science,
Et non un inutile, un buveur, presque un ours.

O vous, seigneur Bacchus, roi du jus de la treille.
Sur le sentier du vin arrêtez donc ses pas ;
Éloignez de ses yeux cette liqueur vermeille ;
Pitié pour lui, Seigneur! ne l'abrutissez pas !

LE SOUS-LIEUTENANT

A Monſieur le colonel G. de Saint-G***

EUNES époux, qui quelquefois.
Lançant un fourire narquois
Au fous-lieutenant de l'armée,
Dites en fouriant : « Pour lui n'eſt pas l'amour ;
» Toujours feul, vivre au jour le jour.
» Eſt-il plus triſte deſtinée ? »

Détrompez-vous ; auprès de lui
Nullement ne règne l'ennui ;
Oui, dans fon cœur le bonheur brille,
Il poſſède auſſi ſa famille.

La montre.

Car voyez, la nuit & le jour,
Sans le quitter veille toujours
La plus fidèle des compagnes ,
A l'œil d'un blanc d'émail plus limpide & plus pur
Que le platine & que l'azur,
Elle le fuit & l'accompagne;
Ses deux doigts fouples , effilés ,
Gliffant à pas bien calculés ,
Tyrans d'acier, mus en cadence ,
Sans jamais faire erreur, fans jamais s'émouvoir,
Indiquent l'heure du devoir,
Inflexibles , mais en filence.

La plume d'oie.

Sur fa table voyez encor,
Toujours gardant filence d'or,
Cette gracieufe interprète
De fes plus grands ennuis, comme de fon bonheur.
De l'hermine elle a la blancheur,
Par deffus tout elle eft difcrète;

Son bec souple, très effilé,
Sur un terrain bien nivelé
Deſſine un bizarre village ;
Toujours prête à courir, ſans jamais ſe laſſer ,
Et du plus intime penſer
Donnant la plus fidèle image.

Le chien.

Et cet ami qui, dans un coin
Sommeillant, mais ne dormant point,
Juſqu'à la mort reſte fidèle !
Au ſignal , à la voix de ſon maître il bondit,
Sans héſiter il obéit,
Il eſt des amis le modèle.

La bibliothèque.

Et regardez dans ce rayon
De grimoires la collection ;
On y rencontre : art militaire,
Lettres, ſciences, arts , plans , cartes & deſſins;
Il s'y complaît ſoir & matin :
C'eſt ſa diſtraction ordinaire.

Reconnaiffez, jeunes époux,

Qu'il n'y a pas d'heureux que vous.

Du fous-lieutenant l'entourage,

S'il ne vaut pas le mariage,

Donne auffi bonheur en partage,

Sans aucun fouci du ménage.

FLEUR & ZÉPHYRE

Souvenir de la villa Bleue, à Cannes.

Près des bords enchantés que baigne notre mer,
Déroulait ses gazons une verte prairie;
De milliers de fleurs un rayon printanier
Avait comme à plaisir semé sa draperie.
Au milieu de l'essaim de ces fraîches beautés,
Zéphyre errait souvent, volant de l'autre à l'une,
Mais très insouciant, parmi ces déités,
Contraire au papillon, n'en choisissant aucune.
Pendant qu'il folâtrait au milieu de ces fleurs,
Faisant de leurs parfums sans cesse la satire,

Il s'arrêta foudain... De toutes ces fenteurs,
Une avait attendri l'infouciant Zéphyre ;
Il regarde, il obferve & découvre à la fin
Une modefte fleur nouvellement éclofe
D'un fouffle de l'amour ; on voyait en fon teint
Au lys le plus parfait fe marier la rofe ;
Sa taille était légère, humblement abaiffée ;
Son front pur couronné d'une pure corolle,
De fa chafte beauté paraiffait oppreffée ;
Ses pétales tombaient, fplendide auréole,
Jufque fur le gazon que fon pied effleurait.
Des feuilles en guirlande, amoureux don de Flore.
Environnaient fa taille en guife de corfet.
Auprès d'elle, une fleur qui, plus modefte encore,
Semblait n'avoir qu'un but, l'aimer, la protéger.
Un éventail léger, branche de fenfitive,
Contre les feux du jour pour la mieux ombrager.
Sur fa tête croifait fes feuilles en ogive.
Zéphyre eft interdit & comme fafciné
Par les rayons fi purs que cette beauté lance,
Reffent ce que jamais fon cœur n'a foupçonné.
Ce trait d'un pur amour, trait de divine effence,

Sans lequel le bonheur ne saurait exifter.
Il était là, muet, mais de fes yeux de flamme
A la timide fleur qui ne peut réfifter
Indiquait clairement le défir de fon âme;
Un fouffle de Zéphyre à propos dirigé
Au milieu des rayons de la pure corolle
En détache un pétale auffitôt érigé
En pieux talifman. Zéphyre heureux s'envole...

. . . .

Le temps, le temps s'écoule, & pas un fouvenir
Ne vient dire à la fleur que Zéphyr penfe à elle.
De temps en temps à peine un amoureux foupir,
Porté par un ami, donne de fes nouvelles.
« L'ingrat, penfe la fleur, il m'a donc oubliée !
» Pourquoi venir jeter le trouble dans mon âme? »
Et fes beaux yeux fi purs de pleurs étaient noyés.
Parfois elle ajoutait : « Peut-être une étrangère
» A fu de fon amour mieux s'emparer que moi ! »
Ses fanglots redoublaient, fon vifage plus pâle
Était comme la feuille à l'approche du froid.
A quoi penfait Zéphyr pendant cet intervalle ?
Le foir & le matin il rêvait à fa fleur,

Dont le doux talifman, comme un heureux préfage
D'un bonheur retardé, repofait fur fon cœur.
Par la loi du deftin, errer eft fon partage,
Mais près de fon idole il faura revenir.
« En attendant ce jour, douce beauté, recueille
» Ce que l'aile des vents t'apporte en fouvenir,
» Subtilement caché dans le pli de fa feuille.
» Pour fon cœur un feul mot defliné par ta main
» Serait ce qu'eft aux fleurs la rofée au matin. »

LE BONHEUR ICI-BAS

Idylle.

PERSONNAGES

BERTHE, riche jeune fille. | GABRIEL, berger.

(Contre un arbre, une croix. Un beau paysage; une forêt,
& , assis auprès d'un chêne, un jeune homme, la joue dans
sa main, les yeux humides fixés au ciel.)

GABRIEL.

DESTIN, n'es-tu pas las de m'accabler sans cesse?
Veux-tu donc abuser de ma grande faiblesse
Pour faire de ma vie un écrasant fardeau
Qu'il me faut lourdement traîner jusqu'au tombeau?
Ah! prends pitié de moi! C'est assez de souffrance!...
J'atteins à peine un âge où tout est espérance,

Un âge où tout fourit. Et pourtant qu'ai-je fait ?
A toi je le demande & à Dieu qui le fait ;
Quel crime ai-je commis ? Ai-je manqué de foi ?
Réponds, qu'ai-je donc fait ?

(Une jeune fille blonde, vêtue d'une robe blanche, fort de
derrière un arbre &, posant la main fur le bras du jeune
homme, lui dit :)

BERTHE.

Mon ami, calme-toi ;
Les grands cœurs ici-bas font foumis à l'épreuve
Des plus grandes douleurs, la tienne en eft la preuve,
Mais les coups les plus durs ils favent fupporter
Sans fe défefpérer ; Dieu ne peut fe tromper,
Et s'il veut que le mal t'accable & te torture,
S'il veut que dans ton fein grandiffe la bleffure,
C'eft que pour être bon, un jour, il t'a choifi
Et t'a fait fon élu.

GABRIEL.

S'il en était ainfi,
Je ne me plaindrais pas. Mais, non, je ne puis croire
Que Dieu frappe en aveugle & que, fi plein de gloire,
Il ne puiffe fur moi diriger un rayon.
Je ne crois plus en lui.

BERTHE.

Tu blafphèmes fon nom.

GABRIEL.

Que m'importe après tout ! Ma douleur trop amère
A l'heure du repos, m'interdit la prière ;
Je ne puis plus prier ; je fouffre & je me plains ;
Je fuis défefpéré. Ma lampe qui s'éteint
Pendant mon infomnie augmente mon fupplice.
Que dois-je faire alors ?

BERTHE.

Vider tout le calice,
L'achever fans te plaindre & fans blafphémer Dieu.

GABRIEL.

O toi que chaque foir je retrouve en ce lieu,
Toi dont la voix me dit : Souffre, crois & efpère.
Oh ! répète-moi donc tout ce que je dois faire !

BERTHE.

Ami, je te l'ai dit : repouffer haine & fiel,
Aimer Dieu, le prier, puis regarder le ciel:....
Sourire à l'infortune & fentir en ton âme
Cette sève d'amour, de poétique flamme
Que Dieu lui départit ; voilà ce qu'il te faut.

GABRIEL.

Non, non, je ne le puis; mais écoute plutôt,
Écoute le détail de tout ce qui m'accable,
Et vois fi le deftin n'eft pas infatiable !
Affieds-toi près de moi, & ta main dans ma main,

Écoute mon récit s'exhaler de mon fein.....
Tu me diras plus tard ce qu'il te refte à dire;
Peut-être pourras-tu trouver à mon martyre
Un remède, & calmer de mon cœur les tourments.

BERTHE.

Ces arbres, ce gazon, témoins inconfcients,
Invitent à parler. Oh! parle, je t'écoute;
Dieu nous voit & fourit de la fublime voûte.
Parle, mon pauvre ami.

(Elle s'affied.)

GABRIEL.

                    Raconter fes malheurs,
C'eft foulager fon âme & calmer fes douleurs.
Écoute, & fi mon cœur dont la bleffure eft vive
Peut concevoir encor la lueur fugitive
D'un bonheur trop ingrat, elle viendra de toi.
Par où commencerai-je? Hélas! ange, aide-moi;
J'en ai tant dans le cœur, j'en ai tant fur la lèvre,
Et mon front, alourdi par le mal & la fièvre,
Conçoit fi lentement que, malgré mon effort,
Tout fe trouble & s'enfuit.

BERTHE.

                    Contre le mal fois fort;
Ne courbe plus ton front, renais à l'efpérance;
Cherche dans le paffé, recule vers l'enfance,

Vers ce temps fi heureux, fi paifible & fi beau.
Courage! je fuis là. Que l'afpeét du tombeau,
Sous le faule qui penche, où dort ton bon vieux père,
Ne brife pas ta voix.

GABRIEL.

Oublies-tu ma mère?

BERTHE.

Ta mère?

GABRIEL.

Oui, ma mère! Ah! regarde mes yeux,
Pleureraient-ils ainfi s'ils ne pleuraient pour deux?
La larme qui fcintille au bord de ma paupière
Contient tous les regrets d'un père & d'une mère,
Car tous deux ne font plus!

BERTHE.

Ah! je te plains, ami.

GABRIEL.

Hélas! écoute encor, car tout n'eft pas fini.
La mort qui près de moi vient de fa faux terrible
Abattre tour à tour d'une rage indicible
Ces deux cœurs que j'aimais, ne s'arrêta pas là.
Me broyant fous fon poids, fon char maudit roula;
Elle faucha, de plus, inexorable, avide,
Une âme que j'aimais, car elle était mon guide.

BERTHE.

De qui veux-tu parler? De quel nouveau malheur?

GABRIEL.

Je veux parler ici d'une angélique sœur
Qui vivait près de moi, laborieufe & fage,
Toujours dans le malheur foutenant mon courage,
Qui montrait à mes yeux le fentier des vertus,
Et qui partit comme eux au féjour des élus.....

BERTHE.

Elle auffi? Pauvre ami! Mais au moins dans le monde
Il te refte quelqu'un qui t'aime & te feconde ;
Ton frère exifte encor, vous vous aimez tous deux,
A chaque inftant du jour vos cœurs prient pour eux?
Voilà bien un ami dont la main charitable
Vient relever ton front quand la douleur l'accable.
Tu n'es pas feul, enfin?

GABRIEL.

Seul, hélas! tu l'as dit,
Oui, je fuis feul, bien feul, comme l'eft un maudit.
Un frère, me dis-tu! Mais fi j'avais un frère,
Si j'avais près de moi cette âme noble & chère,
Sentant qu'il eft quelqu'un, là, pour me foutenir,
Confiant, le front haut, j'irais vers l'avenir.
Mais je n'ai plus perfonne, & mon cœur folitaire
De douleur & d'ennui languit fur cette terre.

Mon frère aussi n'est plus ; robuste , fier & bon ,
Ma mère m'apprenait à murmurer son nom.
Plus âgé de quatre ans, il partit pour la guerre ,
Dans des pays lointains, pour suivre sa carrière
En marin qu'il était. Lorsqu'il venait nous voir,
Ma mère lui disait : « Fais toujours ton devoir,
» Mais sois prudent, mon fils, prudence aussi courage. »
Souriant à sa voix, son noble & beau visage
Rayonnait de fierté, de bravoure & d'amour ;
Il partait tout joyeux en pensant au retour.
Quand ma mère & ma sœur, manquant à ma tendresse ,
M'abandonnèrent, seul, jeune & plein de faiblesse,
Mon frère se battait, j'ignorais en quel lieu.
J'étais donc seul au monde, à la garde de Dieu !
Ah! terrible moment, souvenir indicible !
C'est par trop de malheur !

BERTHE.

        J'en conviens , c'est terrible.
Hélas ! mon pauvre ami, je pleure comme toi;
Mais relève ton front; courage ! & conte-moi
Toute ton infortune. Achève, je t'en prie;
Dis ce que fit ton frère en servant la patrie ,
Dis-le moi, qu'advint-il ?

GABRIEL.

        Il mourut noblement,

Il mourut en foldat, fidèle à fon ferment !

BERTHE.

Mort ! mort ! auffi ton frère ! oui, tu peux bien te plaindre.
Car c'en eft trop, mon Dieu ! Jeune, tu vis s'éteindre,
S'engouffrer brufquement dans l'éternelle nuit
Toutes tes affections.

GABRIEL.

Plus de bonheur depuis !
Oui, j'ai vu difparaître, & fans laiffer de trace,
Comme fait l'hirondelle en traverfant l'efpace,
Ces cœurs que j'aimais tant, oui, je les ai tous vus
S'éteindre tour à tour... Je ne les verrai plus !
Tous ? Non, mon frère feul, tombant pour la patrie,
Ne put baifer mon front de fa lèvre meurtrie !
Il mourut loin de moi comme meurt un héros,
Obfcur & oublié. Sa mort eut un écho
Qui vibra jufqu'à moi, car il fut héroïque :
En tombant, il lança ce mot patriotique :
« Vive la France ! » Et Dieu le rappela vers lui....
Depuis ce jour de deuil, fon fouvenir a lui
Dans mon cerveau frappé par de triftes images :
Il me femble le voir au travers des nuages,
Le front fanglant, pâli, mais le vifage heureux.
Quand cette vifion apparaît à mes yeux,
Ceinte d'une couronne, auréole de gloire,

M'appelant de la main vers fon char de victoire,
Je voudrais le rejoindre...

BERTHE.

Ami, confole-toi,
Ne défefpère pas & de Dieu fuis la loi.
Que ton cœur torturé renaiffe à l'efpérance;
Le malheur nous rend grands! Ne perds pas confiance:
Si Dieu te fit fouffrir, c'eft qu'il voulut un jour
Te réferver ta place au célefte féjour.
Efpère & fois patient.

GABRIEL.

Ai-je le droit de l'être?

BERTHE.

On doit l'être toujours, car Dieu le veut.

GABRIEL.

Peut-être!

BERTHE.

Oui, Dieu le veut ainfi. Que ton cœur ulcéré,
S'élevant jufqu'à lui, fuive fon droit facré;
Que ton âme s'éveille au fouffle qui l'infpire.

GABRIEL.

Hélas! pourquoi ne pas me dire de fourire?
Faire au deftin l'accueil qu'on fait à fon ami?
Pourquoi ne pas chanter & s'égayer auffi?
Ne ferait-ce donc pas un curieux contrafte :

15

Quatre tombeaux comblés, un fouvenir néfafte !
N'eft-ce donc pas ainfi qu'on doit les célébrer,
Et, oublieux du fort , doucement l'admirer ?
Oublier, c'eft le mot. Arrière la fouffrance !
L'égoïfme avant tout ; pas de reconnaiffance,
Pas d'amour, pas de foi : grands mots vides de fens !
N'eft-ce donc pas ainfi qu'on doit être à vingt ans ,
Et furtout lorfqu'au pied d'un cyprès féculaire
Dorment quatre grands cœurs fous leurs fix pieds de terre?

BERTHE.

Pas de farcafme, ami. Comme tu dois fouffrir
Pour blafphémer ainfi ! Mais tu dois te roidir
Contre un tel défefpoir. Que ton front fe relève ;
Éloigne de ton cœur ce véridique rêve.
Fixe tes yeux fur moi : je veux te foulager.
Sois fidèle à ma voix , pauvre & digne berger ;
Je veux contre le mal être ta protectrice,
Et pour toi je veux être une confolatrice;
Oui, je veux te guérir.

GABRIEL.

Ange, le pourras-tu ?

BERTHE.

Je le pourrai, crois-moi, m'aidant de ta vertu.

GABRIEL.

Le défefpoir, hélas ! eft entré dans mon âme !

BERTHE.

Je l'en ferai fortir.

GABRIEL.

Oh !

BERTHE.

Ne fuis-je pas femme?

GABRIEL.

Ange, devrais-tu dire.

BERTHE.

Mais il eft tout puiffant
Ce nom-là, pauvre enfant. Eh bien , soit! j'y confens ,
Ange fera mon nom & je me l'approprie;
Écoute mes confeils et fuis-les, je ten prie ;
Pour fûr, tu guériras.

GABRIEL.

J'en doute. En attendant,
Je ne me fens pas vivre & meurs à chaque inftant.
Mais tes confeils amis, qui pourtant me foulagent,
Anéantiront-ils ces douleurs qui ravagent
Mon cœur. Et fi ta voix, douce & perfuafive ,
Pouvait le raffermir par une ardeur fi vive,
Pourrait-elle jamais , car Dieu l'a défendu,
Ranimer fous mes yeux tout ce que j'ai perdu?

BERTHE.

Elle ne le pourrait, car, tu l'as dit toi-même ,
Dieu ne le permet pas ; cependant il nous aime.

Pourquoi donc voudrait-il que l'éternelle nuit
Ne s'entr'ouvrît un peu pour celui qui gémit?
Pourquoi ne voudrait-il de son pouvoir sublime
Relever un inftant & fortir de l'abîme
Des cœurs autant aimés? Ne ferait-il point bon?
Il l'eft bien plus que nous qui blafphémons fon nom.
Mais il a fes deffeins, deffeins impénétrables.
Et nous pauvres mortels, êtres fi variables,
Nous qui dans le malheur le traitons de cruel,
Pouvons-nous concevoir Celui qui fit le ciel?
Non! Auffi courbons-nous, & que fa noble image
Soit notre guide en tout.

GABRIEL.

                Ah! Dieu! quel beau langage!
Comme tu parles bien! Pour parler comme toi,
Pour s'exprimer fi bien, que faudrait-il?

BERTHE.

                      La foi!

GABRIEL.

Et mon cœur ne l'a pas! Qui donc l'y fera naître?
Et ce noir fentiment dont je ne fuis pas maître,
Qui donc le chaffera?

BERTHE, *fe levant.*

               Suis-moi, tu le fauras.

GABRIEL.

Eft-ce bien loin d'ici?

BERTHE.

Non, tout près, à deux pas.

(*Ils fe dirigent vers une croix.*)

GABRIEL.

Parle, parle, j'écoute ; où veux-tu me conduire ?

BERTHE, *lui montrant le payfage.*

Ami, nous y voilà. Que ton regard admire
Le tableau féduifant qui s'ouvre devant nous.
Vois-tu, là-bas, ces bœufs ruminant à genoux ?
Vois-tu, dans la vallée, au pied de la colline,
Prefque perdue au loin fous le jour qui décline,
Cette maifon coquette à l'afpect enchanteur
Qui fe cache à demi fous un voile de fleur ?
La vois-tu, mon ami, cette fraîche retraite,
Dis-moi, l'aimerais-tu ? Vois-tu cette fenêtre
Où les fleurs lentement s'entr'ouvrent au foleil ?
Vois-tu, tout près de là, cette blanche cafcade
Qui tombe, en feftonnant fa gracieufe arcade,
Sur des rochers mouffus ? Vois-tu ce bois doré
Par le foleil d'automne & fon faîte empourpré ?
Et ce ruiffeau chanteur qui fuit fous le feuillage,
Répandant doucement le long de fon paffage
La fraîcheur & la vie? Admire ces troupeaux
Errant dans la prairie & jufqu'auprès des eaux ;
Entends cet air champêtre auffi pur que fuave,

Ce chant mélodieux à la fois doux & grave,
Qu'un pâtre fait entendre à l'ombre d'un bouleau.
N'eft-ce pas que c'eft grand? N'eft-ce pas que c'eft beau?
Tout eft paix en ce lieu. Cette fcène fi belle
N'éveille-t-elle pas quelque flamme nouvelle
En ton âme ulcérée? Ah! laisse-la s'ouvrir
A cette heureufe vie & crois en l'avenir.
Entends de ces forêts l'ineffable harmonie;
Admire du Seigneur la grandeur infinie,
Et que ton cœur broyé par le poids du malheur
Puiffe croire un inftant qu'il exifte un bonheur!

GABRIEL.

Ce fpectacle eft bien fait pour foulager mon âme.
Il allume en mon cœur une divine flamme
Qui me fait oublier... Je fens qu'il eft bien doux
De vivre dans ces lieux & de croire à genoux.
Oui, ce doit être beau, noble & digne d'envie
De vivre doucement d'une pareille vie,
De paffer de longs jours à l'ombre de ces bois,
En remerciant Dieu. Mais, hélas! bien des fois
Mon front fe plifferait fous des penfées amères,
Au fouvenir lointain d'ombres qui me font chères,
Mon œil fe mouillerait, &, pour me confoler,
Près de moi pas un être, un cœur à qui parler!
Il manque quelque chofe en ce lieu de délice
Dont j'ignore le nom.

BERTHE.

Permets que je finiffe.

GABRIEL.

Oui, parle, mon bon ange, oui, parle, & que ta voix,
Qui doucement confole & captive à la fois,
Sur mon cœur expirant achève de répandre
Un baume confolant.

BERTHE, *s'agenouillant au pied de la croix.*

Ton cœur ne doit entendre
Mes confeils qu'à genoux. Ecoute, & doucement
Imprime dans ton âme en ce fuprême inftant
Le mot confolateur de ta grande infortune.
Si la vue des heureux te laffe & t'importune,
Si la nature en fleurs n'a pour toi point d'attraits
Affez puiffants, hélas! pour calmer tes regrets,
Enfin, s'il faut encore à ta pauvre âme avide,
Pour combler jufqu'au bord ce paffé fombre & vide.
Quelque chofe de beau, de grand & de divin,
Je veux te le donner. Mets ta main dans ma main,
Mets l'autre fur ton cœur, écoute & fois fidèle
Au ferment que tous deux nous faifons auprès d'elle.

(*Montrant la croix.*)

Répète à haute voix, pour qu'il monte vers Dieu,
Le ferment que je vais prononcer en ce lieu.
Le répéteras-tu?

GABRIEL.

Je le promets, je jure !

BERTHE.

C'eſt fort bien ! Oui, ton cœur ne peut être parjure.
Ami, lève la main vers ce ſigne de foi,
Puis, avec conviction, répète comme moi :
(*Tous les deux.*)
« Je jure devant Dieu, dont la croix eſt l'emblême,
» Juſqu'au dernier ſoupir d'aimer celle qui m'aime,
» De donner & ma main, & mon âme, & mon cœur
» A celle dont le cœur ne veut que mon bonheur.
» Dieu ! reçois mon ſerment qu'ici je fais par elle,
» Et grave-le là-haut ſur la page éternelle ! »

GABRIEL, *ſe relevant & paſſant la main ſur ſon front.*

Ah ! que ces mots ſont doux ! Mais qu'ai-je donc, mon Dieu !
Pourquoi mon cœur bat-il ? Ma poitrine eſt en feu !
Etrange viſion ! oui, je me ſens revivre !
Où ſuis-je donc, Seigneur ! Quel effluve m'enivre ?
Je n'ai jamais ſenti ce qu'ici je reſſens.
Quelle eſt donc la vertu qui ranime mes ſens ?
Quel eſt donc maintenant le ſouffle qui m'anime ?
Je n'en puis définir l'impreſſion ſublime !
Eſt-ce là le bonheur ? Je n'ai jamais connu
De pareil ſentiment. Serait-il donc venu
Le bonheur tant cherché par mon cœur plein de vide ?

Rentrerait-il enfin dans ma pauvre âme avide?
O Seigneur! dis-moi donc, du céleste séjour,
Le nom de ce bonheur.

BERTHE, *lui prenant la main, s'appuyant sur son bras*
& le regardant avec tendresse.

Il se nomme l'Amour!

UN DERNIER MOT

Sonnet.

QUAND je ne ferai plus, quand fous la froide pierre
Mon corps repofera, rigide, inanimé ;
Quand au deffus de moi quelque fleur folitaire
Penchera triftement fon calice embaumé ;

Quand le cyprès plaintif, doux comme une prière,
Grandira lentement fur mon cercueil fermé ;
Quand le peu que je fuis dormira fous la terre ;
Quand fera mort ce cœur que tu as tant aimé ;

Oh! viens, je t'en fupplie, âme qui m'eft fi chère,
Viens errer quelquefois dans l'enclos folitaire,
Ami que Dieu voulut que j'aimaffe au berceau,

Viens pofer tes genoux fur cette fombre pierre,
Qu'il tombe de tes yeux une larme fincère,
Et je pardonnerai du fond de mon tombeau!

ÉPILOGUE

A ma Muse chérie.

Tu me dis de gravir avec toi le Parnaſſe,
Émule des neuf Sœurs; mais tu n'y penſes pas!
Je ferais eſſoufflée et demanderais grâce
Si je me permettais de marcher sur tes pas.

Que diraient Apollon & ſa troupe lyrique,
S'ils voyaient s'avancer, marchant clopin clopant.
Une pareille adepte! Un fou rire homérique
Accueillerait d'abord cet intrus imprudent;

Puis l'indignation fuccèderait aux rires ;
Pégafe hennirait ; de fes nafeaux en feu
Jailliraient des éclairs ; les Mufes de leurs lyres
Feraient trembler l'Olympe en motifs furieux ;
Et Jupiter lui-même, indigné, de fa foudre

      Armant enfin fon bras vengeur,

      Me réduirait, dans fa fureur,

        En poudre...

Chère Mufe, crois-moi, pourfuis feule ta route ,
Tu feras le trajet beaucoup plus fûrement.
L'ambroifie t'attend, bois-la donc goutte à goutte ;
Laiffe-moi t'admirer, t'applaudir feulement.
Permets à ton efclave, en retour de fa peine ,
De glaner, dans ton champ de l'immortalité,
Quelques brins de lauriers : j'en formerai la chaîne
Nous liant toutes deux & pour l'éternité !

TABLE

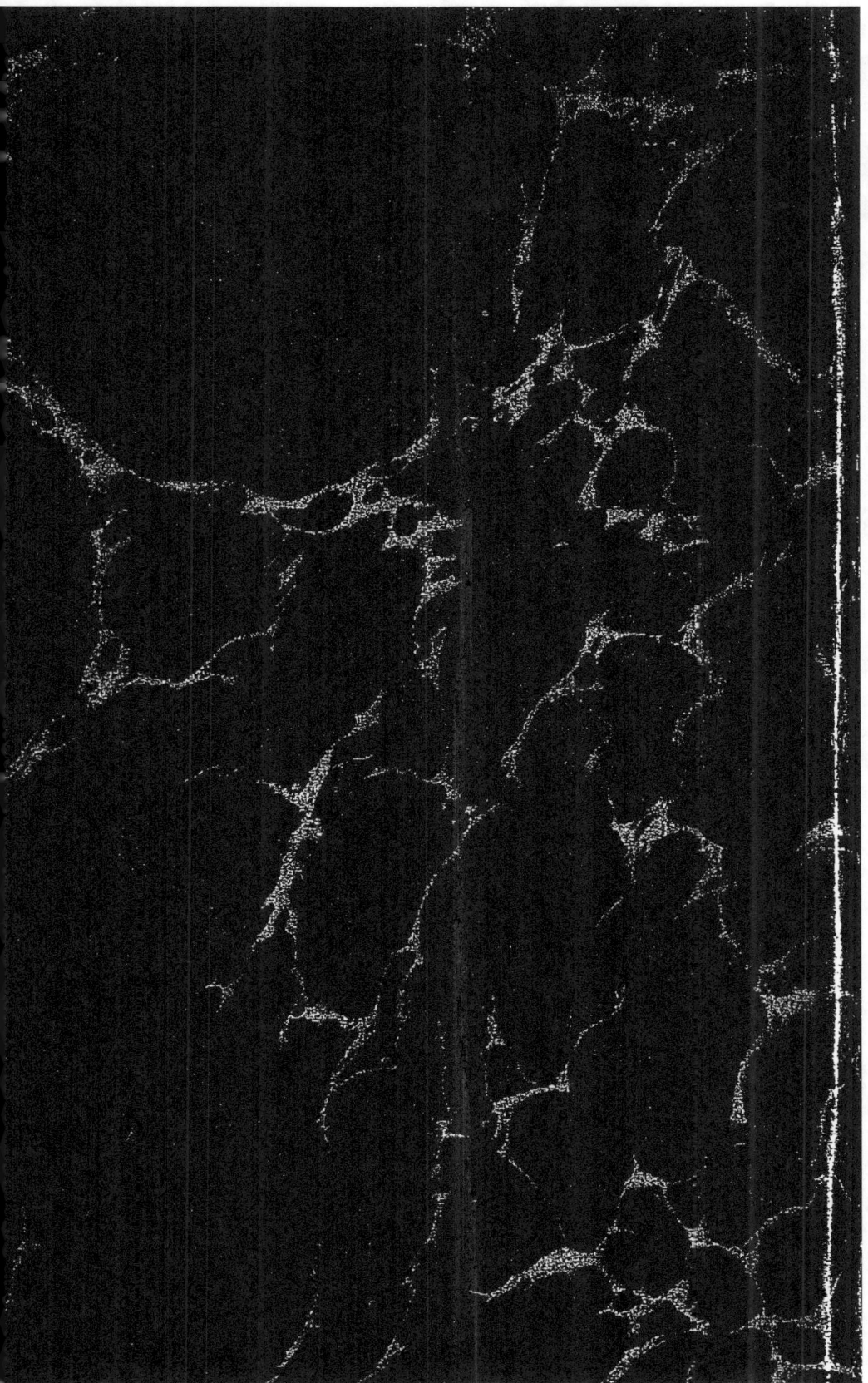

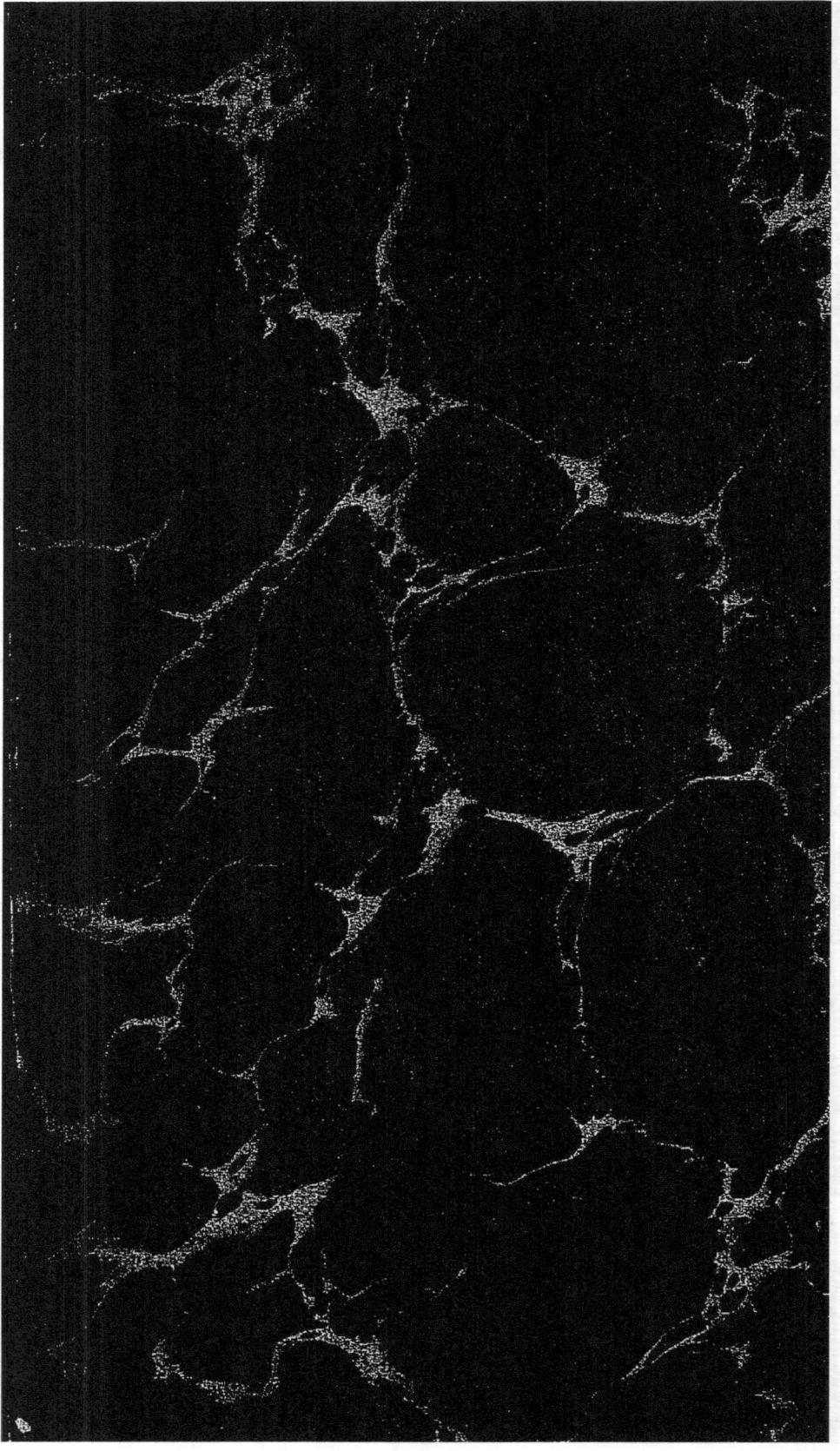